KB248231

나는 가을공부 중이다

문학생활 50년 및 고희 기념

나는
가을공부
중이다

김대규 시집

도서출판 **시인**

自序三章

Ⅰ.

　2010년은 내가 고희를 맞은 해이기도 하지만, 그보다는 첫 시집을 간행한 지 50년이 되는 해라서 감회가 더욱 남다르다.
　그러나 그런 연치(年齒)를 앞세우는 것은 요절 시인들에게 비례일 뿐만 아니라, 그들이 남긴 빼어난 작품들에 비해 나의 소작(所作)들의 보잘것 없음을 생각하면, 시선집을 간행하는 마음 자못 송연(竦然)해진다. 그러나 어쩌랴, 그게 나의 삶이요 문학생활이었던 것을.

Ⅱ.

　시인에게 있어 훌륭한 삶과 훌륭한 작품은 비례하지 않지만, 나는 시와 삶과 사람이 삼위일체로 어우러진 시인을 이상형으로 여겨 왔다.
　이로 인하여 나는 두 가지 점에서 나만의 길을 가려고 애를 썼다. 하나는 시인으로서 문단에 기웃거리지 않고 나만의 순절(純節)을 지키는 일이며, 또 하나는 시작에 있어 나의 삶이 배어 있는, 기교 편중 배제의 '쉬운시', 곧 생각을 하게 하는 '이야기가 있는 시'를 쓰는 것이었다.

Ⅲ.

　태어난 집터에서 지금까지 살아오면서 나는 '안양'으로부터 많은 사랑을 받았다. 이 시집도 안양문화예술재단의 지원으로 간행된다.

　돌아보건대 지난 30여년의 세월을 함께 한「안양여성문인회」와「글길문학동인회」, 그리고「문향동인회」와의 문학생활은 이제 나의 소중한 문학자산이 되었다.

　이제 나도 늦가을에 접어 들었다. 시와 인생을 생각해 보기에 아주 제격인 때다.

　그런 의미에서『나는 가을공부 중이다』라는 제호를 붙였다. 가을에는 사랑하고 감사할 일들이 넘친다. 사랑과 감사에 대한 공부는 끝이 없다. 지난 50년은 나의 시와 삶이 습작기간으로 삼고, 이제는 제맛이 들도록 해야겠다.

　두루 사랑하고, 두루 감사한다.

2010년 11월 15일

김 대 규

차 례

自序三章

1부 – 흙·안양에 살다

3부 – 인생 · 사람 사는 이야기

1부

흙 · 안양에 살다

엽서

나의
고향은
급행열차가
서지 않는 곳.

친구야,

놀러 오려거든
삼등객차를
타고 오렴.

반과학적(反科學的)

진보는 양지동 골목에까지
택시를 몰고 들어와서는
TV 안테나를 달아 주고
산 위의 달을 안방으로 끌어들이고
땅값을 올려 놓고
족보를 뜯어 발기고
그리고
흙냄새를 훔쳐 갔다.

안양역에서 내 집까지
아는 사람마다 인사 나누며
걸어서 십오 분,
흙냄새를 도적맞은 길
택시가 다니고부터는
그렇게 멀어질 수가.

옛이야기

내 고향 安養,
물이 참 좋았었지.
산엔 산새
들엔 들꽃,
누구나 만나면 알아 인사하고
사람들은 마음 하나만 가지고
서로서로 찾아다녔지.

공장이 들어서고
낯선 얼굴들이 모여들고
낯선 물들이 고기를 내쫓고
낯선 연기들이 공기를 내몰고
낯선 바람,
그
돈바람에
모두들 마음을 날렸지.

安養 포도
그건 옛날 얘기.

내쫓긴 고기들이 밤마다
내몰린 공기들이 밤마다
나를 찾아와 괴롭게 울고 간다.
그게 꿈일망정
그게 꿈일망정
내 마음은 물이 되고 하늘이 된다.

이런 옛날 애기
애들한테는 어렵고
어른끼리는 더 어려워
깊은 산 속에 들어가
소리소리 혼자 소리쳐 본다.

안양(安養)·1

安養은 서울 바로 아래라서
서울로 가려다 지친 사람들이 많이 모여 살고,
안양은 서울 가까운 곳이라서
서울을 피해 나온
덜 약은 사람들도 내려와 산다.

나처럼 고향을 지키려는 사람이
안양에도 적어졌다.
겁이 많은 장남들만 남아서
아버지의 유언을 기다리며
조상의 무덤이나 쓰다듬고 있다.

바람 탓이다,
돈 바람.
가면 다시 안 부는
돈 바람.

근대화의 폐수가
송사리까지 몰아낸 냇물을 막아

여름에는 풀장,
서울 사람들이 몰려와
한겨울 난 먼지 돈으로 씻고 가고
휴일에는 관악산 골짜기마다
더러운 서울 공기 토해 놓고 간다.

安養서 살던 깨끗한 공기들도
나무숲 속에서 빠져 나간다.

요즘에는 산귀신들도 딴 곳을 찾아
사람 몰래 도망가는 걸
나 혼자 지켜 보고 있다.

안양(安養)·2

‘안양’이라고 하면
문인들은 내 이름을 떠올려 준다.
얼마나 고마운가, 고향이여.

나는 그냥 고향에 산다고 말하지 않는다.
“태어난 집터에서 지금까지 파묻혀 살지요.”
파묻혀라는 말을 드러내기 위해
고기가 물을 못 떠나듯
안양을 떠나지 않는다.

그래서 안양은 나의 자연이다.

어쩌다 서울에 가려면
숲속의 산짐승처럼 어슬렁
안양을 빠져 나온다.

아, 그런데 그 서울
사냥꾼들만 득실거린다.
무섭다, 어서 내 굴로 돌아가자.

내 죽어서도 안양에 묻히리니
안양은 이미 나의 무덤이다.

안양은 내게

안양은 내게
고향, 어머니, 시, 한국이다
어찌 넷으로 가르랴
그냥 '사랑'이다

사랑 또한 어찌
고향, 어머니, 시, 한국뿐인가
한 마디로 '사람'
더 줄이면 '삶'이다

안양은 내게
지금까진 잘못 살았으니
이젠 잘 죽을 채비를 하란다

그래서 더 사랑,
그래서 더 사람이다.

주인

서울사람들이 安養으로 오는 것은
흙 때문이 아니라 땅 때문이다.
안양의 모든 흙은 다 내 것이지만
한 평의 내 땅도 안양엔 없다.

安養의 한 줌의 흙
서울로 가져가 보아라,
질겁을 해서 곧장
안양으로 도망올기라.

등차(等差)

도시에서
흙은
나프킨을, 썬그라스를,
무덤을 위해서.

시골에서
흙은
살아 있는 사람의
집을 위해서만.

사람은 죽어 흙이 되고

흙은
도시에서
더 흙이고

시골에서
흙은
영
안 보인다.

흙의 사상·2

나의 詩는 나의 흙이다.
– 나는 농부의 아들이었으니까.

나의 詩는
나의 흙 위에 뿌린 예지의 씨앗에서
내 살아가는 만큼의 결실하는 체험.

– 나는 농부의 아들이었으니까
가뭄에 우기를 기다리듯
한 개의 언어를 위한 인내를 키우고
거름을 주고 해충을 잡고
때 맞추어 뒤돌아주듯
나의 詩는
삶에의 의지, 감정의 절제 그리고
동시대인에의 신뢰와 그 보답이다.

흙 위의 농부는 자신한다.
그들이 수확의 계절에
만족하게 흘린 땀방울의 결실에서
수없이 많은 자기를 발견하듯

– 나는 농부의 아들이었으니까

언어는 나의 흙에 뿌린 나의 땀방울
한 편의 詩作을 끝마칠 때마다
온 몸은 감전당한 육신처럼 기쁨에 떤다.
농부들이 새봄에
동토를 치솟는 새싹을 숨죽여 보듯,
나의 詩는
본래의 나를 향한
지금 나의 약속받는 응시.

– 농부는 흙의 새로운 출발,
– 농부는 흙의 새로운 반복,
– 농부는 흙의 새로운 회귀.

우리가 死者를 흙으로 되돌려 보내듯
나는 나의 죽음을 나의 흙에 담고
조용한 내일의 일몰을 기다린다.

흙의 사상·3

서울 사람 보기 싫어 서울 안 갈란다.
서울서 죽기 싫어 서울서 안 살란다.

서울 사람 한 달에
‘파고다’ 서른 갑 피워도
백오십 원짜리 시집 한 권 안 사 본다더라.
쌀 팔아 시집 사 봐야
우리 고생얘긴 없더라.

서울엔 낮에도 어둠이 깃들고
서울엔 밤에도 그림자 지더라.
서울거리 사람 암만 많아도
사람은 없더라.

전차 탄 사람 버스 속 사람 쳐다보고
버스 탄 사람 합승 속 사람 흘겨보고
합승 탄 사람 택시 속 사람 노려보더라.

우리야 어디 그런가
논두렁 이 쪽에서 저 산모퉁이 사람 보고
어 ~이! 소리치면

그 사람 손만 흔들어도
뒷산이 어~이 대답해주지.

서울 사람 보기 싫어 서울 안 갈란다.
서울서 죽기 싫어 서울서 안 살란다.
서울 가면 내 고향 흙 밟고 싶어
정말 죽겠더라.

이사(移徙)

눈에 뵈는 건
다 운반해 왔어도
천장의 쥐소리와
부엌의 口味와
낡은 눈길들,
그렇다
더 내 것이던 것을
못 날라 왔다.

밤이면
옛집으로 제각기
내 몸만 남겨두고
마음은 더 먼저
제 자릴 찾아가는 게 보인다.

잠이 들면
몸뚱이까지 옛집인 줄 알고
깊이 잠 잘 든다.
허, 그런.

이민(移民)

이민가는 친구와 밤늦도록 마셨다.
잘 살라고 마시고 잘 살겠다고 마셨다.
헤어질 때는 모국어로 인사했다.
잘 가라고 울었고 잘 있으라고 울었다.
떨어진 눈물 속에선 조상들도 울고 있었다.

돌아오는 길엔 사람 하나 못 만났다.
30년 넘도록 걸은 밤길을 발길마다 헛딛었다.
박씨네 골목 앞까지는 그런대로 잘 왔다.
시궁창을 건너 뛰다가 기어코 미끄러졌다.
껴안을 동포 맞듯 진구렁에 뒹굴러댔다.

진짜 조국의 흙을 난생 처음 만져 봤다.

새파랗게 젊은 아내가 새파랗게 질려 맞아들였다.
온 몸이 온통 '흙의 사상'이네요 했다.
그 말에 갑자기 한반도가 방 안으로 밀려들고
모두 다 이민 기 버린 땅을
두 사람의 한국인이 지키고 있었다.

도태론(淘汰論)

언제부턴가
우리들의 논에서는
게나 우렁이들이 보이지 않았다.

忍從의 소들도
볏짚의 농약 냄새 때문에
여물 먹기를 꺼려하고,
우리들 유년시절의 유일한 적이었던
삼각대가리의 독사들도
전답의 숲속을 떠난 지 오래다.

경부선 연변의 한 송전탑 위에
위험스레 자리한 까치집을 보았을 때
문명과 자연동물,
그 공존의 미학보다
나무숲에서 떠나야만 했던
까치 일가의 비장한 이주가
남의 일 같지 않았다.

산이며 물, 하늘이며 땅에서
언젠가는 인간만이 유일한 생물로 남아

벌거벗고 쫓겨난 인간의 후예인 죄를
옷 입고도 갈 곳 없는 설움으로
울며울며 헤맬 날이 곧 오리라.

제초론(除草論)

잡초를 뽑아본 사람이면 안다.

부지런한 사람은 더 부지런해야 되고
게으른 사람은 더 게을러지게 마련이다.
웬만큼 일을 잘 해내는 사람도
잡초뽑기에는 지고 만다.

어떤 일에거나
그 어떤 사람이 따로 있는 법이어서
세상의 모든 일이란 일의 뿌리는
있어야 할 자리에 있는 사람의 뜻으로 뽑혀야 한다.
덜 뽑힌 일의 뿌리에서는 언제나
더 성가신 뿌리가 새로 내리고
그 새 뿌리에 걸려서 살아나온 시대는 없다.

잡초를 뽑는 일은
모든 숨겨진 일들의 마무리가 그렇듯
단 한 번만으로 끝나지는 않는다.
그 끈질김, 그 버팀, 민중이 따로 없다.

잡초의, 밟힐수록 더 잘 견뎌 온
땅 위의 가장 마지막 빛인 그 아픔을 모른다면
웬만큼 밟혀보지 못한 말로
민중의 밭에 뿌리를 내리려 하지 말라.

詩가 詩인 것은
그것이 끝내 뽑히지 않는 말이기 때문이고,
詩人이 詩人인 것은
그가 끝내 뽑히지 않을 말을
사람의 뜻에다 심어주기 때문이다.

실향사(失鄕詞)

자고 일어나니
뒷산이 벌렁
허릴 잘리우고 엎어져 있었다.

낯익은 산길
불혹의 눈에까지 익혀 온
그 흙들은 간 데 없고
산보다 더 높은 외줄기 굴뚝들이
마수처럼 삐죽삐죽 솟아올랐다.

사람들의 마음에도
가시 돋힌 철책이 쳐지고
이웃의 발길을
용납해 주지 않고 있다.

옛날에는
산비탈에 그림자만 언뜻 해도
그게 누군질 알아맞혔는데,
이제는 코 앞을 스쳐가도
영 무표정한 얼굴들이다.

공사장 저만치서
산등성이를 갉고 있는
포크레인 하나가
꼭
흙만 파먹고 사는 괴물 같았다.

목민심서(牧民心書)·1

책을 버리라고
우리들의 책은 가르친다.

서로 밀치고 자빠뜨리는 글자들의 뜀박질뿐인
당신들의 책 속에는
누구의 누구와
무엇의 무엇이
막대그림표의 속 검은 미학이나
그래프의 위험한 정상에서
아슬한 땀뜰을 씻고 있지만

우리는 안 믿는다.
편식의 의자,
기름기의 펜대를 움켜쥔
하얀 손의 악력(握力),
좁은 이마의 반짝이는 기교,
그 집대성한 허술함.

우리의 책 속에는
씨앗의 쓸만함에 대해서뿐이다.

그렇다.
씨앗,
그 마지막의
남부끄럽지 않은 영글음.
해충과 가뭄을 견뎌 이기고
스스로 차지한 안분의 충만.

어떤 성전 속에서도 못다 밝힌
지혜의 말씀들이
흙에 사는 사람들의 바른편 가슴 속에선
옳게 풀이되고 있다.

목민심서(牧民心書)·2

서울 차는
시골로 내려와서
땀에 절은 납세필증이나
잘 여문 종자들과 함께
장남의 가출을 싣고 가선
온갖 부도만 숨겨 가지고 돌아온다.

한 착한 시골 사람은
단 한 번의 경적 소리에도
남의 죽음을 곧잘 대신 죽는다.
하기야
자기를 위해 산 그가 아니니까.

그런 남의 죽음 곁에서
서른 해를 넘겨 견딘 나는
웬만한 경적에도
쉽사리 놀라지 않는다.

아직 나는
나를 위해서 살고 있다.
내 이웃들의 죽음을 몽조리

그 때까지
나는 흙이 될 수가 없는 것이다.

심인(尋人)

이 세상에서 가장 잘 잊혀지는 사람은 누구일까.

그것을 알아내기 위해
당신들은 책갈피 속에서 헤매고
시대도 경작해 보고
그리고 잊었다는 듯이 몇몇의 큰 이름을 기억해 낸다.

그러나, 흙 위에서 만나는 사람보다
더 위대한 인간은 존재하지 않는다는 것,
종교가 가르쳐 주지 못하는것을
우리는 살아가면서 배워야 한다.

이 세상에서 가장 잘 참아내는 사람은 누구일까.

TV에 눈과 귀를 빼앗기지 않는자,
신문의 지식 없이 하루를 완성하는 자,
가벼운 실례와 무거운 세금과
사실을 두려워하지 않는 사람들.

그들을 나는 안다.
배워야 산다고 그들은 한숨 쉬고는

자식들이 법을 만들지 않기를 바라며,
전쟁을 굶기보다 무서워하면서
자식들에게 잘 싸우라고 답장을 한다.

이 세상에서 마침내 이겨내는 사람은 누구일까.

과학 없이 자연과 싸우고
과학 이상으로 자연을 정복하는 자들.
수년 동안, 앉아서 팔을 오르내리는 어떤 사람들보다
한 해 가을, 팔을 들고만 있는 허수아비를 믿고
전기가 없는 곳에서도
가장 밝은 밤을 맞이하는 사람들.

그들은
惡의 도랑을 지옥으로 내지 않고
받은 것만큼 주는 흙 위에 서서
하늘만이,
모든일은 하늘만이,
옳은 것은 언제나 하늘만이라고 말한다.

감자를 캐면서

하루 종일 감자를 캤다.

어른들이
쌓여진 감자더미에 흡족하는 동안
아이들은 앞질러 가며
감자포기만 쑥쑥 뽑아 올렸다.

학교에서 늦게 돌아온 막내는
어른들이 캐 나간 자리마다
더 깊이 파헤쳐 보면서
어른들의 一失을 찾아내려고 애쓴다.

그건 태반은 호기심이고
나머지는 견해차이지만,
그 나머지가 중요하다.

잘 되던 일이 끝에서 허물어지는
그 나머지가 문제다.

나도 그런 경험이 있어서 알지만
그걸 꾸짖거나 일부러 시켜서도 안 된다.

적어도 원만한 아버지라면
아이들의 득의(得意) 하나를 위해
몇 개의 실수를 숨겨 놓아야 한다.

그 애가 빈손으로
저녁 식탁에 앉을 때
그의 金生은 이미 놀랍지 못한 것이 되고 만다.

자식들을 오해하게 되는 것이
부모들의 마지막 슬픔이라면,
지상의 모든 감자밭을 다 파헤쳐 보기 전까지는
하나의 아이가
올바로 자라나지 못할 것이다.

흙의 노래는 아무나 부르는 게 아니다

서울 쪽에 앉아서
흙을 노래하는 것은
향수거나 동경이지만,
우리네가 이 곳에 서서
흙에 대해 쓰는 것은
생존이거나 아픔이다.

풀잎 한 가닥 흔들지 못하는
그대의 말씀으로 어찌할 건가.
한 마리 멧새의 화답을 못 받는
그대의 노래로 어찌할 건가.
구름 한 점 띄울 수 없는
그대들의 흐린 마음에
흙을 떠올리지 말라.

흙은
상상이 아니라
바로,
여기,
그냥,
있음이라.

흙이 그립거든
아, 이제는
내 영혼 부르는 분 계시구나
그렇게 알고 경건하라.

보는 법

10년 몇 개를 흙 위에서
흙 위의 모든 일이 되어가는 걸
지켜 보는 일로 보냈다.

이제는 웬만큼 세상이 보인다.

푸나무들이 밤새 자란 게 아침에 보이고,
흐린 등불 아래서도
세상 저 끝의 한 피곤한 잠이 보인다.

한 마리의 벌레가
죽어서 가는 곳이 보이고,
이파리 속으로 스며드는
햇빛도 잘 보인다.
바람이 나무에게 뭐라고
귀띔하는 그 입놀림도 보인다.

앞으로 10년 몇 개를 더 보내서
보는 법을 완전히 알아내면

그 때는 귀신들이 동침까지를
훤히 볼 수 있을 것이다.
보고서도 모르는 척할 수 있을까.

간밤에는
옆집 늙은이를 부르러 온
귀신의 뒷모습을 언뜻 보았다.

귀거래사(歸去來辭)

무르익은 사과가 밤 사이에
사람 눈 피해서
땅 위에 떨어져 있듯,
내 그렇게
흙에 묻혀 사네.

눈에 안 뵈는,
안 보여서 더욱 피하기 힘든
사람의 끄나풀, 사람의 먼지
툭툭 끊어 버리고 훌훌 털어 버리고
내 이렇게
한 마리 땅벌레처럼
흙 속에 파묻혀 사네.

흙에 묻혀 사니 알겠네.
모든 잘못들 따듯해 오고
온갖 나의 부끄럼도
너의 온갖 허물도 눈감아지네.

그러더니 몇 긴 밤은
사람 그리워

한밤중에도
흙 무덤 곁에서
산 사람들 생각만 했네.

돌아오는 길엔
하,
귀신 하나가
문 앞에서 좇아오며
날 놀려 주고 가데.

농자(農者)의 말

나는 이제 農者가 아니다.

내가 쟁기를 버려서가 아니라,
날인(捺印)하는 일에 열심이라서가 아니라,
더구나
허무한 몇 줄 詩句속의 큰 뜻을
어렵게 노려서가 아니라,
더더구나
한 줄기 오이 넝쿨의 방향보다
한 땅덩이의 앞날을 걱정해서가 아니라,
나는 처음부터
진정한 農者가 아니었다.

쌀로 배운 지식들을
쌀을 배우는 일에 다시 베풀지 못했고,
밀짚 모자로 가리운 햇볕의 그 뜨거움이
이제서야 내 부끄럼을 불태우기 때문에,
그리고
굶주림의 맨 끝까지 가 보지 못한 배고픔,
말로만 퍼뜨린 당신들의 그 헛아픔이
앞으로 나의 詩를 깊이 깊이 괴롭힐 것이기 때문에

그렇다.
바로
그

흙은 시키지도 바라지도 않는
흙을 옳게 깨우쳐 아는 일에 대해서
나는 계속 써 내야 하겠기에
나는 農者가 될 수 없다.

흙을 지키려는 사람은
가장 늦게 손을 씻어야 한다.
그걸 당신들 누구 하나라도 안다면
내 한 때는 農者였던 것을
부끄럽게 두렵게 숨겨두면서
그 손씻는 법의 마지막을
이렇게 끝맺는 것이다.
－〈한 사람의 농부로서 말하노니
　　농부 아닌 자는 농사 짓지 말지어다.〉*

*R. 프로스트의 시구.

고향에서 사는 법

고향에서 살려면
고향 사람들이 얼마 남아 있는지를
헤아리지 말 것.
헤아리기는 해도
마음 허전해 하지는 말 것.

흘러가는 세월을 어쩌지 못하듯
자꾸자꾸 떠나는 사람을,
그냥 사람일 뿐인 그대도
어쩌지는 못하리니.

고향에서 빠져 나가는 발목들보다
네 가슴 속에서 도망쳐 나가는
깨끗하고 바보 같았던 마음을
더 붙잡아 둘 것.

다시 말하거니와
이 세상을
끝까지 혼자 남아서 지키려는 사람인 양,

고향에서 살고 있는 동안은
죽어서야 돌아오는 사람도
헤아리지 말 것.

일인이역(一人二役)

이른 아침
아버님은 들판으로 나가시고
나는 서울로 출강을 한다.

한 세대가 한 아침에 갈라선다.

강의실에서
의자 위의 학생들이 묘판처럼 보이고,
주민등록증을 만들 때
지문이 잘 안 나오던 아버님의 손가락 생각만 났다.

집에 돌아와 들로 나가면
바람에 머리칼 날리는 벼포기들이
장발의 대학생들 같아
들판이 강의실로 보였다.

하나의 열매를 맺게 하는 일이나
하나의 바른 뜻을 심어 주는 일이나
다같이 고개를 숙이게 하는 천직이지만,

다 갖춘 선생도
세상 멀리한 농자도 못 된 나는
〈스티븐슨〉의 한 소설 주인공처럼
구두를 신은 채 논으로 들어가거나
바지를 걷고 교단으로 올라가는 것이다.

새쫓기

한여름을 들판에서 보냈다.

물을 퍼 가뭄과 싸우고
벼이삭을 쪼는 새들과 싸웠다.
그러나, 정말 싸운 것은 내가 아니다.
새들이 싸운 것은 사람이지만
새들과 싸운 것은 벼이삭이다.

〈프로이트〉씨는
그의 명저「꿈의 해석」P.155에서
새는 리비도의 상징이라고 풀이했다.
칼로리를 위해서 벼가 자라거나
지식으로 벼가 영그는 것이 아니듯,
이런 들판에서 보는 새들은
그냥 하나의 습관이었다.

〈로빈슨 크루소〉에게도
생명은 하나의 습관이었지만,
벼이삭의 완벽한 영글음을 위해서나
하나의 시를 완성시키기 위해서는
그러한 습관의 새를
우리는 잔인하게 죽여야만 한다.

흙의 귀

어디선가, 자물쇠 채우는 소리.
어디선가, 신음하는 소리.
어디선가, 칼 가는 소리.
도처에서, 문 열어 달라는 소리.

어디에서도, 꿈을 판다는 말 듣지 못함.
어디에서도, 노래하자는 말 들을 수 없음.
어디에서도, 사랑한다는 말 들리지 않음.
도처에서, 그래 그래 죽는 게 낫다는 소리만 들림.

예전에도
흙은 곧 백성이라는
헛소문이 떠돌았음.
더구나
흙에 귀가 있다는 말,
그것은
나의 유언비어임.

나의 여름

나에겐 나의 여름이 있다.
시골에서 대학을 다녔기 때문에
친구들은 나를 촌놈이라고 불렀다.
나는 그게 싫지 않았지만
그들은 그 이유를 몰랐다.

교복 대신에 낡은 작업복
구두를 신어 본 일은 한 번도 없었고,
여름에는 교모 대신
밀짚모자를 쓰고 다녔는데
학생과 감독직원에게 그걸 빼앗겼다.
그의 말은 교칙위반이라는 것이었지만
그 때 내가 한 말은,
얼굴이 하얀 사람들은
이 모자를 만질 자격이 없다는 것이었다.

그 후부터는 나의 여름은 더 뜨거웠고
빼앗긴 밀짚모자를 되찾지 못해
그 때의 나의 여름은
아직도 끝나지 않고 있다.

나라 전체가 무슨 일로 추워지건
빼앗긴 그 모자를 되찾을 때까지
나는 언제나 뜨거운 마음으로
어떤 추위라도 이겨낼 수 있는 것이다.

말 속의 말

두 농부가 지나치면서 말한다.
- 올 겨울은 퍽 춥겠는 걸.
그것은
월동준비가 됐느냐는 뜻이다.

- 금년엔 눈이 일찍 내렸어.
그것은
먼저 떠난 마나님 생각도 난다는 뜻이다.

무 구덩이를 파고 있는 나에게
동네 어른이 말한다.
- 오늘은 집에서 일을 다 하는군…….
그것은
너는 시인이라는 것이며,
내 손의 삽자루가
펜 놀리는 것만 못하다는 뜻이다.

무 구덩이를 다 메꾸고 나니
옆집 할아버지가 말한다.

- 원,
꼭 무덤같이 쌓아 올렸군.
그것은
당신이 묻힐 자릴 떠올린 말이다.

사람은 누구나
자기의 말 속에 자길 묻는다.

말을 기막히게 파묻는 사람,
그를 우리는
시인이라 부른다.

친구를 보내고

10년 넘어 만난 서울 친구
시골의 근황을 묻는다.
그렇겠지,
자네들의 일상은 빠짐없이
신문에 실려 배달되고
TV 화면으로 찾아 오고
가끔씩은 드높게 휘날리며
우리를 압도했지만
우리네 삶,
그건 묻지 않고는 모를 테지
우리들의 일깨움 없이는 어림도 없지.

흙 속의 우리들
언제나 놀라는 일 새롭다면
아마 새롭게 또 놀랄 테지.

자네들
산 사람은 겁내며 죽이고
죽은 사람 되죽이며 힘 얻어,

아침마다 다시 노하고
저녁엔 피곤하게 저주하다가
아픈 곳 깊이깊이 숨기고
뒤늦게 깨달으며 병 알지만
투약엔 짜증이지.

10년 넘어서 만난 서울 친구
헤어지면 날 곧 잊겠지만
우리네 흙 속의 삶,
앞으로도 10년 몇 개쯤은
훤히 내다보며 산다네.

흙의 설법(說法) · 1

모든 소리 흙에서 나고
모든 소리 흙으로 돌아가나니,

감춘 자 이름 못 감추고
빼앗은 자 이름 빼앗기며
거짓 꾸민 자 죽어 제 얼굴 더럽히리라.

누워서 아침 새소리 그리워하는 자
온갖 더러운 소리엔 귀 번득이리라.

하늘만큼 바다만큼
늘 푸르지 못한 마음 음흉함들
시퍼런 칼 서슬은 기억해 내리라,
찾아가 도려내리라.

흙밭의 배주림 없던 자
세 끼 밥 때 오만하리라.

흙 묻지 않은 발로는
흙으로 옳게 못 돌아가리라.

어두워 일손 놓고 오는 자
마음 밝혀 길 밝게 걷고,
어둔 잔꾀 속 헤매는 자
길 막혀 늦은 눈 놀래 뜨리라.

사람 사람 웬 일인가,
붐비는 네거리에서도 사람 하나 마주치기
영 힘들고
아,
사람 사람 웬 사람인가,
텅 빈 들판에서도
모든 땅 위 사람 거느려 사네.

흙의 설법(設法)·2

살아 흙을 가벼이 여긴 자
죽어 무덤 위 흙 높이 쌓으리라.

흙 밟아 보지 못한 발로는
영혼 영영 하늘 못 오르고,
흙 만져 못 본 손
죽어 제 얼굴 더 더럽히리라.

- 힘 쓰는 사람, 힘으로 어깨 눌리고
  말 쓰는 사람, 말로 혀 뽑히우며
  칼 쓰는 사람, 칼로 팔 잘리우고
  돈 쓰는 사람, 돈으로 죽음 사들이며
  글 쓰는 사람, 글로 뜻 망치나니

높은 집 승강기로 편히 오르내리며
낮은 산 헐떡이며 기어오르는 자들
죽어 혼령 고되게
이승과 저승 불길 사이
울며울며 헤매리라,
제 눈물에 제 지은 죄
말끔말끔 씻기리라.

흙의 사람

땅을 사러 오는 사람들은
황금에 묻혀 오고,
흙을 찾아 오는 사람은
나무지팡이만 짚고 온다.

땅값이 뛸 대로 뛰어서
천당으로 올라가자
황금에는 날개가 돋아
사람 위로만 날아다니고,
흙값은 죽을 대로 죽어서
무덤만 판다.

그러면, 지팡이 짚고 온 사람이
사람 가운데서 사람만 골라 와 파묻는다.
지팡이가 어떤 무덤을 툭툭 치자
조그만 황금벌레 한 마리가
놀라며 무덤 속에서 도망간다.

나쁜 죽음들을 옳게 다시 묻으며
지팡이를 짚고 온 흙의 사람은
하느님도 못 찾는 자기 무덤을

눈 감고 찾아가 눈 뜨고 잠든다.
죽을 때와 죽을 곳을 잊지 않는다.
그가 누운 곳은 다 무덤이 된다.

산역(山役)

오늘
육신 하나를
흙으로 되돌려 보냈습니다.

산은 어머니처럼
가슴을 따듯이 열고
오래 못 본 자식을 끌어안듯
말없이 받아들였습니다.

삶은 아픔,
인간사 그 고뇌를
다시 살면 뭘 하겠느냐는 듯
어허 달공, 어허 달공
흙은
점점 더 힘껏 껴안았습니다.

주위의 나무며 바위,
구름이며 산새가 주욱 지켜 보다가
바람에게 뭐라고 귀띔하자
한자락 바람이 휘익

그 말을 받고
세상 저편으로 급히 갔습니다.

인생은 한 줄기 바람,
목숨은 흙에서 흙까지.

2부 자연·가을, 그리고 산과 나무

가을의 노래

어디론가 떠나고 싶어지면 가을이다.
떠나지는 않아도
황혼마다 돌아오면 가을이다.

사람이 보고 싶어지면 가을이다.
편지를 부치러 나갔다가
집에 돌아와 보니
주머니에 그대로 있으면 가을이다.

가을에는
마음이 거울처럼 맑아지고
그 맑은 마음결에
오직 한 사람의 이름을 떠나보낸다.

'주여!' 라고 하지 않아도
가을엔 생각이 깊어진다.
한 마리의 벌레 울음소리에
세상의 모든 귀가 열리고,
잊혀진 일들은
한 잎 낙엽에 더 깊이 잊혀진다.

누구나 지혜의 걸인이 되어
경험의 문을 두드리면
외로움이 얼굴을 내밀고
삶은 그렇게 아픈 거라 말한다.

그래서 가을이다.

산 자의 눈에
이윽고 들어서는 죽음
사자(死者)들의 말은 모두 시가 되고
멀리 있는 것들도
시간 속에 다시 제 자리를 잡는다.

가을이다.
가을은
가을이라는 말 속에 있다.

가을, 낙엽

누군가, 처음
'가을' 이라고 말한 사람은.
누군가, 처음
낙엽을 밟자고 한 사람은.

이젠 누구도
'가을!' 이라고 말하지 않는다.
아무도 이젠
낙엽을 가리키지 않는다.
모두들 가슴 속에
나무를 키우지 않고 있기 때문이다.

낙엽 따라 가버린 사랑은
끝내 돌아오지 않고,
낙엽 밟는 소리가 좋으냐고
묻는 시인도 없다.

누구일까?
처음 손을 흔든 사람은.
누구일까?
처음 뒤돌아 본 사람은.

눈(雪)

눈이 세상을 덮었다.

사람 하나 보이지 않는다.

모두 옛날로 돌아갔기 때문이다.

가을학교

나는 요즘
가을 공부 중이다.

가을 선생님은
결강이 잦으시다.

학기가 끝날 즈음에야
낙엽 한 장씩을
시험지로 나눠 주신다.

문항이 없어
아무도 답을 못 쓴다.

다 유급이다.

가을 학교에
졸업생은 없다.

달팽이

태어날 때부터
1인 1주택이다.

양도, 증여, 상속도 없다.

언제, 어디서 죽건
제 집 안이다.
제 집이 제 무덤이다.

요람에서 무덤까지.

편지 넉 장

하나 · 봄

봄 편지는
본문보다 추신이 더 길다.
말의 싹들이
자꾸만 솟아오르기 때문이다.

둘 · 여름

모래밭에 '너' 라고 쓴다.
파도가 밀려와 지운다.
그 위에 '나' 라고 쓴다.
파도가 밀려와 지운다.

마음에다 '사랑' 이라고 쓴다.
파도가 못 지우고 되돌아 간다.

셋 · 가을

뭐라고 쓸까, 뭐라고 쓸까!
밤새 느낌표 몇 개만 찍힌다.
가을편지는 백지다.
그냥 낙엽이다.
바람에 부친다.
수취인 불명.

넷 · 겨울

모든 말들이 얼어붙어
글자를 만들 수 없다.
생각부터 잘 녹여야 한다.

자연시학

지렁이
"너희들, 이만한 一行詩 써 봤어?"

기러기
"一行詩야 우리가 더 볼품 있지."

별
"一行詩라고?
나는 一語詩다."

개미
"우리는 산문시야.
어디서 끝날 줄 몰라."

소라
"흥, 다 집어쳐
나는 하드카버의 단행본이야."

토끼야, 토끼야

날이 갈수록 달나라엔
과학의 심부름꾼들만 찾아와
문명의 쓰레기만 쌓인다.

온다던 太白이가 오질 않아
달은 참 따분했다.
천 년 너머 기다리다 지친 달이
에라, 나도 모르겠다.
太白의 잠을 깨러 물 속으로 뛰어들었다.

누군들 이 풍진 세상에 미련 있겠냐만
아직도 깊은 잠의 李太白을
불면의 달이 쓸쓸히 안고 떠올랐다.
뒤따라 두 마리의 토끼가
玉도끼 金도끼는 다 버리고 몸만 나와

퉤퉤, 퉤퉤퉤
이젠달도살곳이못돼,이젠달도살곳이못돼
고갤 떨구고 저 멀리로 사라져 간다.

토끼야, 토끼야
어디로 가느냐!

시인벌레

초등학생들의 동시를 보면
놀랄 때가 많다.
나무는 새들의 아파트이고,
전깃줄은 제비들의 오선지,
파도는 온종일 김밥을 만다.
아이들은 시인의 교사다.

책상 위에 펼쳐진 시집 쪽으로
기어가는 벌레를 보고
다섯 살 난 손자가 소리친다
"할아버지, 벌레가 공부하러 가나봐!"

수사법을 알 리도 없는 녀석의
발상이 제법 문학적이다.
나도 질세라 한 마디 했다.
"응, 저건 시인벌레일 거야."

개미

서재에 개미들이 부쩍 많아졌다
나는 그걸 자연화라 여기고 좋아한다.
원고지 위로도 기어 올라온다
'개미' 에 대해 써보라는 것 같다.

개미가 원고지로 올라 온 것은
기실 길을 잃은 것이다.
耳順에 이른 지금까지
나라고 내 길로만 왔던가.
방황 끝에 얻은 말들이
詩가 되지 않던가.

원고지 한 칸도
제대로 차지하지 못하는 한 마리 개미가
너끈히 詩의 주제가 된다는 것,
실패한 삶이 곧
인생의 패배는 아니라는
내 문학의 오랜 테마를
길 잃은 개미 한 마리가
열심히 현장검증을 하고 있다.

개구리

논 옆으로 새로 난
포장도로 위에
개구리 한 마리가
차에 깔려 죽어 있다.

눈길을 돌리지 마라
그것은 우발적 사고가 아니라
느닷없이 내 영토를 침범한
덩치 큰 괴물에게 덤벼든 것.

뒤집힌 속 그대로 드러낸 채
적의로 내뻗은 네 발
끝내 거둬들이지 않고
의분의 두 눈 더 부라리고 있다.

사람을 죽이는 것만
전쟁이 아니다.

하느님, 죄송합니다

옛날에
산에 올라가면
하느님의 궁전이 보였고,
나무 숲 속에서
뛰노는 요정들이 보였다.

요즘에 산엘 가면
곳곳에 입산금지 푯말이나
비닐봉지만 바람에 서걱인다.
다람쥐들은
지레 겁먹고 달아나고,
산새들은 아예
사람 곁에선 지저귀지도 않는다.

하느님은 지금 무얼 하고 계실까,
숲의 요정들은 어디로 갔을까.

산을 까뭉개고 지은 고층 아파트,
산보다 높은 방 속에서
산을 내려다보며 사는 사람들이
이제는 사람을 타고 앉아

하느님을 깔보고 있다.

쯧, 쯧, 쯧.

거미와 시인

우리집에는 수세식 화장실과
앞마당 한구석에 재래식 변소가 있다.
아버지는 굳이 뒷깐이라고 부르셨다.
뒷깐은 직계존비속이다.
장남인 내가 법통을 이어받아
국산품장려 캠페인하듯 드나든다.

어느 날 아침 뒷깐 창틀에
햇빛을 받아 반짝이는 거미줄을 보았다.
금실은실에 매달린 이슬보석들
어느 절구(絕句)라고 그리 빛나랴
줄줄마다 시안(詩眼)이다.

거미는 몸 속에 집을 넣고 산다.
몸의 몸인 흙은 다 버려놓고
물질의 집만 드높이 짓는 인간들아
비워낼수록 새 집 얻는 거미를 보아라.

몸은 채우는 것이 아니라
마지막에 잘 뉘는 것.
허름하고 후미진 곳만 찾는 거미여

내 가슴도 알맞이 허물어졌느니
외로움이 더 편한 방 하나
그 옆에 마련해 주지 않으련.

가시

앞마당의 나무들을 옮겨 심다가
무수히 가시에 찔렸다.

내가 무슨 말을 하려는지
금방 눈치 챈 당신에게
우선 말해 두겠다.
나는 릴케가 아니어서
아직은 살아 있다고.

한 마디 덧붙이겠다.
장미 가시에 찔렸다고
누구나 시인이 되거나
세상에 이름을 남기는 게 아니다.

시를 얻은 연후에
달을 좇아 강물로 뛰어들거나,
흐르는 물위에 묘비명을 쓰거나,
4월은 가장 잔인한 달,
5월은 계절의 여왕, 또는
나를 키운 건 8할이 바람이라고 해야 한다.

더 중요한 게 남아 있다.
장미가시보다 마음의 가시가
더 많은 사람을 찌른다는 것,
작은 가시로는 남을 찌르지만
결국은 가장 큰 가시에
자신이 찔리게 된다는 것.

마지막으로 첨가하겠다.
펜이 가시가 되면
시인이 먼저 피를 흘리게 된다.
너의 시가 끝내 사람의 가슴에서
가시를 뽑아내 주지 못한다면
그대의 말은 아직
세상에 대한 푸념일 뿐
영혼의 노래에는 이르지 못하리라.

산행수칙(山行守則)

산은
발로 오르는 것이 아님.

산에서는
생각을 말로 바꾸지 말 것.

하늘이 한층 가까워졌다거나
세상이 낮아 보인다고 하지 말 것.
더구나, 山을 정복했다는 생각은
아예 금물임.

산 어느 곳에서거나
나는 그냥
산의 일부라고만 여길 것.

그런 생각도
이윽고는 산에게 다 주고 내려올 것.

마음속에
태산을 앉혀 놓지 못한 사람은

산의 마음속에
발을 들여놓을 수 없음을 알 때까지,
그 때까지는
아무도 산행하는 것이 아님.

산행법(山行法)

산을 보고서는
사람의 말로 인사하지 말것.
산은
산(生)사람의 말은 듣지 못함.

세상을 멀리하기 위해서,
사람과 헤어지기 위해서
산을 찾는 것이니까
산에 와서
세상 얘기를 해서는 안 됨.

가장 높은 곳에 오른 것은
사람으로부터, 세상으로부터
가장 멀리 떨어져 있는 것임.
그럴수록 하느님 곁에 가까워지는 것.
그럴수록 삶을 가볍게 버릴 수 있음.

산행은
흙이 되는 연습임.
산을 보면 언제나
죽는 시늉을 해야 됨.

산(山)을 보는 법

땅에서 보면
산은 하늘에 있고,
올라가서 보면
산은 땅에 자리하고 있음.

하늘에 이르려고
산에 오르거나,
세상을 연연하면서
하산을 하면
모두 산을 잃게 됨.

하느님도
하늘을 잃을까 봐
하늘 아래로는 내려오지 않는 것임.
사람도
이름을 지키려면
나의 흙을 떠나서는 아니 됨.

여기서 보면
저기는 다 하늘이고,
저기서 보면

세상은
한 개 둥근 흙무덤임.

마음의 산(山)

산이 저기 있기 때문에
산에 오른다는 말은
수정이 요구됨.

산은
저기 없을 수도 있고,
저기 없는 산을
여기서 오를 수도 있음.

눈의 산만 오르는 사람에게는
고층빌딩이 제일 좋은 산임.
그런 사람은
산에다 에스컬레이터를 놓으려고 함.
그런 사람들은
자기 집 앞마당에
산이 없음을 평생 아쉬워 함.

산은
올라가는 자에게 정복되는 것이 아니라
사랑하는 사람에게만
모든 걸 바침.

山을 사랑하는 사람은
山을 떠날 수 없음.
山은
山에서 죽은 사람의 것임.

하산법(下山法)

산에 다녀오면
몸이 구름처럼 가볍다.

무거웠던 마음,
짐이 됐던 생각들
모두 산에 두고 왔기 때문이다.

가지고 갔던 짐만 버리고
마음의 짐은
더 무거워 돌아와서도
산행을 잘 했다는 그대들에게
이 세상을 산으로 보라 한들
그 뜻 새겨 들으랴만

산에 다녀오면
몸과 마음이 가벼워지듯
이 세상을 하산할 때도
그렇게 홀가분할 수 있도록
삶을 하나의 산으로 살 일이다.

산작법(山作法)

산에 대해 쓰려고
하루 종일
산 속에 파묻혀 있었다.

눈 앞의 산에 막혀
다른 산들이 보이지 않았다.
생각은 자꾸
산 밖으로 빠져 나갔다.

몸이 있는 곳에다
마음을 붙잡아 두지 말 것.
그게 잘못이었다.

돌아와 잠자리에 누우니
모든 산들이 다 보였다.
그 날 밤은
산 속에서 편한 잠을 이뤘다.
몸도 마음도 헤어지지 않았다.

山나라

아스팔트가 끝난 곳에서부터
그 나라는 시작된다.

구름에게 쉬어 가라고,
새들에게 노래하라고,
사람들에게 찾아오라고
말한 적이 없다.

그렇다.

국민여러분!
조국을 위하여!

높이 외치지 않아도
백성이 구름처럼 모여들어
민심이 새처럼 노래하는
그런
산같은 사람들을 모아
그런
산같은 나라 하나 만들고 싶다.

나무·1

나무를 보면
자꾸만 말을 걸고 싶다.

가까이 가려 하니
그냥 거기 있으라 한다.

떨어져 있어야
마음이 말을 만드는 것이란다.

이제 나무를 보면
멀리서도
무슨 말을 하려는지 알 것 같다.

그래도 가끔은
와서 기대라고 한다.

옮겨 심은 나무

옮겨 심은 나무가
가지를 자꾸만
담장 밖으로 내 뻗는다.

나도
그 마음을 잘 안다.
다른 흙에서 살아야 한다는 것,
그것은 형벌이다.

우리는 누구나
옛날로 자라는 나무,
詩는
그 옮겨 심는 말이다.

내 마음 속 詩의 나무

내 마음 속 詩의 나무
참으로 오래 가꾸었다.

물을 주고 해충을 잡고
어긋난 가지들을 잘라내며
온갖 풍상 이겨냈구나.

무성했던 짙푸른 잎들
빛깔 곱던 꽃들 사라져 아쉽다 했더니
아, 저 높은 가지 끝에
큼직한 詩의 열매 매달았구나.

고맙다, 詩의 나무여
그러나 아직
내 손은 거기 닿지 못하노니

농익어 스스로 떨어질 때를
기다리는 수밖에.

나무·2

사유의 뒷뜰 안,
거기에는
내 어려서 심은
安分의 나무가
이제는 제 키만한 그늘을 짓고

굽어진 가지도
바로 잡기에는
때가 지나

내 가장 편한 자세로
그 아래 곤히 누워 있으면

열매를 따러 오는
먼 데 사람들의 돌팔매질에
놀라 깨곤 한다.

나무 읽기

낙엽이
어깨를 툭 치며
책을 덮으라고 한다.

사람의 책은
멀리 하라고 한다.

한 권 한 권
다 버리고
마침내 서가를 비운 나무.

독서는 이제부터란다.
사람의 책은 멀리 하란다.

나무학교

대학강단에 설 때마다
박사학위 유무를 묻는다.
나는 그런 건 없다고 대답한다.
그리고는 아무런 학위도 없이
시인이라는 이름 하나로
예일대학교 교수가 된 비키 헤어른을 떠 올린다.

박사님들이 가질 수 없는
소중한 것을 나는 가지고 있다.
태어난 집터에서 지금까지 산다는 것,
그 집에 나보다 먼저 뿌리를 내린
나무 한 그루가 있다는 것.

백과 사전엔 없는 진실들을
나는 그 나무에게서 깨우쳐 왔다.
'지식의 나무는 생명의 나무가 아니다'*
나는 날마다
나무 밑에 앉아 강의를 듣는다.

나무학교엔 교재가 없다.
나의 시들은 모두 그 수강노트다.
대학 총장님들께 묻고 싶다.
당신의 학위증서에도 뿌리가 있느냐고.

* 바이런의 시구

겨울나무

요 며칠
앞마당의 나무가
한 해 동안 써 모은
문장들을 퇴고하느라
파지들을 떨궈 내고 있다.

나무가 버린 낙엽들이
내겐 더 마음에 드는 대목들이다.

기어코
퇴고를 마친 나무가
마지막으로 남긴 문맥
한 줄기!

나무는
일체의 수사학을 거부했다.

추억의 나무

이 나무는
옛날로 자란다.

한 번 틔운 싹은
잘라 버릴 수 없고,
아무리 가지를 쳐내도
뿌리는 항상 새롭다.

눈물은 수분보다
더 훌륭한 양분이 되어
때로는
타인의 눈에는 영 보이지 않는
덩그런 꽃을 피우거니

추억의 나무의 가시에는
이따금씩 찔려도
그 아픔은 곧
조용한 웃음으로 아문다.

山의 SOS

못 살겠어요.
더 이상 못 참겠어요.
분별 없는 사람들의 발길
마구 헤집고 짓밟고는
오물덩이만 남기고 가요.

아파트들은 앞을 가리고
공장매연 때문에 가슴이 답답해요.
자꾸만 나를 타고 오르는 人家들
다리를 뻗고 잠들 수가 없어요.
날 좀 구해 주세요.

내 품 안에서 뛰놀던
다람쥐랑 산새들을 돌려줘요.
내 귀를 살랑이던
맑은 바람도 찾아 줘요.
병정놀이하던 소년들은 다 어디 갔나요.
일곱 색 무지개도,
달 따러 오던 아이들도,

오솔길 걷던 소녀들도
모두 모두 보고 싶어요.

이제 마지막이에요.
정말 살려주세요.

사라진 山

들꽃 한 송이가
바람에 하늘거리기까지,
구름 한 덩이가
비를 몰고 오기까지의
그 내력, 그 사연을 누가 아랴.

산 하나가 우뚝
저렇게 버텨 서 있기까지
얼마나 세월이 흘렀는지
그걸 누가 아랴.

그런 걸 알아 무엇하랴만,
요즘에는 몇 밤만 지나면
산 하나가 반동강이 나고
벌건 속살을 드러낸 채
아파하는 걸 쉽사리 볼 수 있느니.

지상에서 없어진 산들은
어디로 갔을까,

그걸 또 누가 아랴만
사라져 버린 山들이
이 세상의 모든 버림받은 흙들을 불러 모아
한꺼번에 온 인류를 뒤덮을
큰 무덤 하나만 만들자고
모의를 하고 있는지
그것을 사람들은 영 알 수가 없다.

산(山)의 말

당신의 신발에는
흙이 묻어 있지 않음
너무 깨끗한
당신은 입산금지.

당신의 손은
거칠지가 않음
지나치게 하얌
그런 손으로는
푸나무를 만져서는 안 됨.

당신의 머리는
땅 생각으로만 차 있음.
푸른 숲의 벌판이나
푸성귀 싱그런 들판이 아닌,
챙겨만 놓으면 돈이 되는
그런 땅 생각만 하면서
산을 그려서는 안 됨.

그렇지만 당신들 모두도
눈이 감긴 연후에는
흙으로 돌아가게 됨.
그 때에서야
내 품안에 들어올 수 있음.

山이 날 부르지 않는다

산이
나를 부르지 않는다.

어릴 적
병정놀이 하던 앞동산
그 때는
산이 날마다 나를 불러주었다.
내가 가면
푸나무들은 좋아서 몸을 흔들었고
다람쥐들은 말을 걸어 왔다.

구름에 손을 닿아 보려고 오르던 산.
무지개 잡으려고 헤매던 산.
엄마에게 꾸중 듣고 찾아가면
꼬옥 안고 달래 주던 산.
그 산이 요즘엔
나를 오라고 하질 않는다.

오랜만에 찾아가 보니

산은 앓고 있었다.
가슴은 펑 뚫려 철책이 박히고
잘려나간 아랫도리엔
人家들이 자릴 잡았다.
산은 자꾸 잘려나가고 있었다.

산이 나를 부르지 못하는 까닭을 알았다.

무지개

우리 어릴 적
비만 오면 무지개 서던
앞산이 뎅겅
뒷산이 잘뚝 떨어져 나가고
거기 성큼성큼
공장들이 들어섰다.

일곱 색 무지개 대신
검은 연기만 보고 자라게 된
우리 자식들의 유년 시절도
세월이 가면 추억이 되겠지만,
어른들 눈엔
싯벌건 핏발만 성성해
눈 감아도 잘 보이던
水金地火木土天海冥도 흐려지고
무지개도 찾아볼 길 없어,
팔다리 잘린 산등성이에 올라
빨주노초파남보!
소리 질러 메아리로
온 산에 말의 무지개를 만든다.

그렇다.
사람들의 가슴속에서만
무지개가 사라지지 않고 있다면
아직은 기다리며 살아갈 수 있다.

3부

인생 · 사람 사는 이야기

외로움이 그리움에게

그리움이 외로움을 찾아가

함께 놀자고 말했다.

외로움이 그리움에게 대답했다.

아냐, 난 홀로 있어야 외로움이야.

황혼가(黃昏歌)

황혼이다.
누구나
나그네가 된다.

앉아서도 길을 잃는다.

눈 감으면
세상은
한 권의 묵직한 성전(聖典).

먼 밖
어둠 속의 人家에는
착하고 깨끗한 사람들이
저마다의 고뇌를
사무사(思無邪)의 촛불로 밝혀 들고,
하루 한 장씩의
옳고 밝은 말씀들의 종장(終章)을
조용히 다듬고 있다.

불이 꺼지고
神의 할 일도
이윽고 없어진다.

회상의 노래

회상의 길은
어디서 갈 곳을 잃어도
방황하지 않아 좋다.

멀리 떠난 사람은
마음에만 간직하고 있으면
언젠가는 착한 사람으로 되돌아오고,
잊혀진 이름도
메아리로 울려퍼져
그리움의 등불 더 밝히려니

아무리 넘치는 외로움일 망정
고해의 작은 그릇 하나에
정갈히 모아 받지 못한다면
영혼의 해갈을 어찌 얻으리.

그대의 발길
마침내 머무는 곳이
황량하기 그지없는 폐가일지라도

추억의 문패 하나만으로
안분의 단잠 맞으리니,

거기
열락의 촛불로 마중하는 이 없다 한들
그대는
그것을 사랑이라 부르리라.

안빈락(安貧樂)

비가 와도
집은 안 새고,
눈이 오면
쓸 마당 있네.

담장가의 꽃들은
이웃과 향기를 나누고,
뒷간에는
사람에게서 나온 것들이
그대로 있구나.

나보다 더 오래 산 나무에
날아와 지저귀는 새 소리에
옛사람의 좋은 말씀은 다 잊어도
나라 걱정은 내 할 일 아님을
이제는 알겠네.

그림자

사랑은
그림자 같은 것.

어둠 속에서도 떠나지 않고
숨어서 지켜주고 있다가
햇빛이 나면

'나 여기 있어요!'

그렇게 말하고
다시 숨어 있는 것.

이별

허공엔
손.

차창엔
얼굴.

헤어지기
가장 좋은 곳에
역이 있다.

슬픔은 츄잉껌처럼

슬픔은
츄잉껌보다
더 잘 씹힌다

은박지야
너는
슬픔도 싸 보았니?

쓴 맛이
쏙 빠지면
달디단 슬픔을.

메아리
– 어머니

산 속에 들어와
어머니!
소리쳐 불러 보면

어머니 어머니 어머니 어머니 어머니 …

하나뿐이었던
어머니가
온 산에 가득하다.

대화(對話)
– 어머니

어머니, 오늘 늦었어요.
– 그으래.

어머니, 진지 잡수셨어요?
– 오오냐아.

어머니, 저 오늘 술 많이 마셨어요.
– 저어런.

어머니, 많이 편찮으시죠?
– 아니다, 아냐아.

어머니, 오래오래 사셔요!
– 원, 자아식두, 울기는…….

소멸(消滅)
– 어머니

어머니!

어머니.

어머니

어머ㄴ

어머

어ㅁ

어

。

어머니의 말씀

"너도 나이를 먹어 보아라
그러면 다 알게 될 거다."

어머니께서 생전에 하신 말씀이다.
그래, 이젠 세상을 웬만큼 알 것 같다.

어디선가 다시 들리는
어머니의 목소리.

"너도 이 곳에 와 봐라
그러면 다 알게 될 거다."

하느님의 출석부

당신의
출석부에 있는
우리 아이의 이름은
지워 주십시오.

지금 이대로, 그냥 그대로

더 가까이도 말고
지금 이대로

더 뜨겁게도 말고
지금 이대로

더 깊이도 말고
지금 이대로

넘치면 병(病)이 되고
모자라면 죄(罪)가 되는
아,
사랑

더 외롭지 않도록
그냥 그대로

더 아프지 않도록
그냥 그대로

때로는

때로는
말을 다 하지 말 것을.
때로는
멀리 떠나도 볼 것을.

때로는
모르는 척하다가,
때로는
잊은 척하다가

때로는
왈칵 달려가 보기도 할 것을,
때로는
흠뻑 취해 울기도 할 것을.

때로는, 외로움이라고
때로는, 아픔이라고
때로는, 기다림이라고,
사랑이라는 말은 아예 말 것을.

때로는,

때로는,
때로는.

너는

너는 흰 눈이다.
밟고 싶다.

너는 꽃이다.
꺾고 싶다.

너는 물이다.
빠지고 싶다.

너는 불이다.
나는 탄다.

아이 하나가 당신께 가면
- 하느님의 출석부

아이 하나가
당신과 나,
그 사이쯤에 있습니다.

생명 하나가
그 곳과 이 곳,
그 어디쯤에서 헤매고 있습니다.

내 아직
당신의 깊은 뜻
헤아릴 수 없으나,
내 어린 자식을
당신께 맡기기는 너무 이릅니다.

당신과 나,
이 곳과 그 곳,
그 어디쯤을 가고 있는
내 어린 자식이
당신 앞에 이르게 되면

“얘야,
너는 좀더
놀다 오거라.”

그렇게 타일러
보내 주시기 바랍니다.

노후대책

나이가 들면
두 가지 할 일이 있다.

어린애와
잘 놀아 주는 일,
외로움과
사이좋게 지내는 일.

한 눈을 팔면
어린애는
무릎이나 깨져서 돌아오지만
외로움은
자칫 불치병이 된다.

어린애보다
외로움은
더 잘 돌봐 줘야 한다.

사랑 잠언

누구나
몸에 걱정 하나
마음에 병 하나를
깊이 깊이 묻고 사나니

그 몸 아픔
그 마음 켕김.

걱정도 그윽해지면
영혼의 노래 되고,
병도 잘 다스리면
육신의 복음 되나니

거기에 이르는 길은
오직 사랑뿐,
그밖의 다른 구원을
얻으려 하지 말라.

열쇠 · 1

아버지의 열쇠는 녹이 슬어 내 방문을 열지 못하신
다. 나는 자물쇠를 버렸고, 아버지는 열쇠를 버리셨
다. 아버지는 내가 외출 중이어도 문만 닫혀 있으면,
방 안에 내가 있는 줄로 아신다. 문을 닫고 방 안에
앉아 있는 나는, 아버지께서 언제나 방문을 열지 못
해 밖에서 서성거리시는 것 같다. 열려 있는 문을 보
지 못하시는 아버지와, 밖에 안 계신 아버지를 보는
나는 똑같이 집을 새로 지어야겠다고 생각한다. 사유
(思惟)의 뒷곁에 설계된 새 집의 내 방에서 나는 아버
지의 내 방 열쇠를 생각하면서, 아버지의 방에 맞는
열쇠를 가져보려고 애쓴다. 내가 아버지의 방으로 들
어가 보았을때, 아버지는 거기 없었고, 내가 되돌아
나오고 있을 때, 아버지는 내 방에서 나오고 계셨다.
우리는 넓은 앞마당의 한가운데서 만났다. 참 오랜만
의 기막힌 해후다.

진리는 언제나 길을 피해 가다가
진리는 반드시 가끔씩만 드러난다.

열쇠·2

열쇠꾸러미를 잃어 버렸다.
그 동안 나는 왜
모든 걸 잠그고 살았을까.

자물쇠가 따로 없는데도
사람들 마음
더 단단히 잠겨져 있다.

열쇠를 몽땅 잃어버리고나니
외레 홀가분하다.
길을 잃은 사람에게 세상은 모두 길
닫혀 있는 곳만 피하면 된다.
너도 마음을 열고 있거라.

"옜다, 열쇠!"

어느 분인가
열쇠를 되돌려 주신다.

낙엽 하나가
온 세상을 연다.

아버지와 아들

아버지는 나에게 의과대학에 가라고 하셨다.
의사가 되어 병든 사람을 고쳐 주라고 하셨다.
그러나 나는 시인이 되고 싶었다.

의대가 아니면 법대에 가라.
그러니까 나의 아버지는
나쁜 사람을 다스리라는 것이었다.
그래도 나는 시인이 더 좋았다.
죄 대신 말을 잘 다스려야 했다.

지금 나는 시인이 되어
육법전서에는 없는 말들만 골라
마음의 약을 짓는다.
아버님께는 죄를 지은 것이지만
시인은 영혼의 의사,
詩法을 터득하면 보은이 되겠지.

내 가슴 속의 병은 더욱 키우면서
어찌 다른 사람의 아픔을 거둬주겠나.
아니지, 마음의 병은 깊을수록
거기서 말의 명약이 우러 나오는 법.

나도 피카소처럼
"아버지, 이제 저는 김대규가 되었어요."
그런 말 할 때가 있을런지.

아내는 나를 보고
"당신은 詩人이에요" 한다

나는 모든 기계에 서툴다.
자동차 운전도 못하고
컴퓨터는 더욱 깜깜하다.
전기가 나가도 퓨즈 하나 못 간다.
아내는 그럴 때마다
"당신은 시인이에요" 한다.

그래서 나는
금뱃지 단 사람들이나
재벌들 앞에서
'나는 시인이다' 라고 되뇌인다.

30년 월급생활,
詩는 더 오래 썼다.

운전을 못하는 시인은 괜찮다.
승용차를 못 사는 시인이 문제다.

아내여,
만취의 내 고성방가보다 더 높게
성수대교 무너지는 소리보다 더 놀라게

대통령의 신년사보다 더 당당하게
"당신은 시인이에요!" 소리쳐다오.

방(房)

아이들이 커 가니까
자기들 방을 하나씩 달란다.

혼자 있고 싶다는 것.

지금 너희들에게
'홀로'란
자유 또는 독립이겠지만,
내게 있어
'홀로'란 인생 그 자체다.

나만의 공간에서
나만의 시간을 소유하고 싶다는
너희들의 욕망을 뉘 탓하랴.
머지않아 너희 부모들도
그 영원한 공간에서
그 영원한 시간을 소유하게 될 것을.

너희들이 밤늦도록 불 밝힌 방을
가끔씩 술취해 두드려 보는 이 애비가
언젠가는 너희들이 술잔을 붓고 깨워도

그냥 깊은 잠에 들어 있어야 할
그 날이 오려니

그래, 우리 그 날을 위해
서로 다른 '홀로'의 연습을
열심히 해 보자꾸나.

할머니의 마술

늙으신 어머니가
재채기를 하시다가
삭은 이가 튀어나오자
그게 얼마나 신기했던지
손자 녀석들이
할머니 또 해보라고 보챘다.
할머니는 빠져나온 이를
다시 입 안에 넣었다가
재채기 시늉으로 되뱉아 내셨다.

할머니, 또 해봐!
– 에이취!
할머니, 또 해봐!
– 에이취!

그래서 할머니는
이가 하나도 남지 않았다.

노년의 시

나이가 들수록
어려운 어휘들 잊혀지고
쉬운 말만 남는다.

시도 그렇듯 단순해진다.
예를 들면 다음과 같다.

사람의 허물
용서하자.

세상의 일
다 잊자.

하늘의 뜻
감사할 뿐.

죽음에게는
"잘 부탁합니다."

개에게 사죄함

평소 잊고 사는 일
먹다 남은 밥만 주는 일
때로는 발로 찬 일
목줄을 풀어주지 못한 일
욕설에 이름을 차용한 일
자식을 낳으면 곧 나눠준 일
지켜주는 집 문패에 내 이름을 내건 일
아파도 그냥 내버려둔 일
동족을 먹은 일

* 정상참작 요망사항
  그래도 똥은 내가 치워 주었음
  더구나 죽으면 내가 묻어 줄 것임

사람의 일

아내가 내게 콩깍지를 까라 한다.
나는 콩깍지 까는 일같은 건
남자가 할 일이 아니라고,
더구나 시인이 할 일은 못된다고 투덜댄다.

시큰둥해 하며 콩깍지를 깔 때마다
알갱이들이 신생아처럼 튀어나온다.
알몸으로 맞는 세상,
질서를 벗어나서 더 잘 드러나는 실체들.
그래, 편견의 외피를 벗겨내면
저렇게 지순한 본질만 남는 것을.

사람처럼 껍질이 많은 동물이 있을까.
그렇다.
우선 껍질부터 벗어야 한다.
그리고 다시 태어나야 한다.

콩깍지를 모두 까놓고나서
나는 콩깍지를 까는 일이야말로
남자나 시인이 할 일이 아니라
사람의 일이라고 확신한다.

이불개기

아침마다 이불을 개며
아내에게 속으로만 불평을 한다.
이건 시인의 소임이 아니라고.
그럼 너는 시인인데
그 동안 언어는 잘 개 왔냐?
자문자답으로 유구무언이다.

젊어서는 시의 꿈 부풀리던 자리
한 여자를 얻어 자식을 만든 자리
날마다 지친 육신을 받아들이고
마지막에 잘 누워야 할 그 자리
이불개기는 자못 성(聖,性)스런 역사가 아닌가.

말도 잘 개야 시가 되듯
삶을 잘 개야 좋은 죽음이 된다.

설거지

아내가 아파 누워 설거지를 했다.
생명의 시작인 물이
마지막 역사(役事)를 한다.
뒷끝을 마무리한다는 것
그것이 바로
사관(史官)들의 소명이었나니

나의 지난 날들은
모두 설거지감이다.
노아의 홍수도
한 차례의 설거지였거니
한 바탕의 설거지가 정말 절실할 때다.

퇴고는 詩의 설거지
죽음은 삶의 설거지
그렇다.
영혼의 정수(淨水)없이
어찌 이룰 것인가.

장애인

그는
손이 부자유스럽다.
수저를 들면
자꾸만 귀쪽으로 간다.

아마도
날곡을 익히던
자연의 소리가 그리운가 보다.

애증

오염투성이인 지구도
하늘 멀리에서 보면
아름답게 반짝이는
한 개 작은 '★'일 뿐.

내 마음속의
마냥 미운 사람도
아주 멀리 떠나보내려니
뒷모습이 그리 쓸쓸하구나.

그래, 어서 되돌아 오거라
나의 쓸쓸한 사람아.

설문에 답함

승용차 없음
골프 안 침
주식 · 부동산 관심 없음
E메일 · 홈페이지 없음
현대판 무주택자임

서울 안 감
중앙은 특별히 비켜 살았음
문단이 어딘지 모름
'등(等)'에는 끼기 싫음

술 담배 45년 넘었음
아직은 괜찮음
세금 낼 때만 혈압 오름

태어난 집터에서 그대로 삶
거기 나보다 먼저 살아온 나무 있음
어려서는 기어 올라가 놀았지만
이젠 그 밑에 앉아 쉼
되게 행복함

쓰레기통

"버리고 갈 것만 남아서 참 홀가분하다."며 세상을 떠나신 분이 생전에 시집 한 권 보내주셨다. 이제 생각해보니, 그 시집은 내게 버린 거였구나. 그랬었구나. 나는 쓰레기통이었구나. 누군가에게는 쓰레기가 누군가에게는 귀중품이 되는구나. 쓰레기통이 되는 일도 참 행복하구나. 나의 시도 누군가의 쓰레기통에 쓰레기가 될 수 있을까.

나는

빼어난 詩보다는
좋은 詩를 쓰고 싶다.

위대한 인간이 아니라
한 착한 사람으로 살고 싶다.

마음속 깊이
"아, 그리운 사람아!"
그
뜨거운 말덩이 하나 묻어 두고

빛나는 인생보다는
외롭고 슬플망정
그대들에게는 노래가 되는
그런 아름다운 삶을
더 아름다운 詩로 남기고 싶다.

문학강의

나를 보고
선생님이라 부르는 이들에게
항상 일러 왔다.
문학은 가르치고 배우는 게 아니라고,
아주 훌륭한 선생님이 계시니
그건 바로 책이라고.

그러면 책은 말한다.
나 보다 뛰어난 스승이 있으니
그건 자연이라고.

그런데 자연은 또 말한다.
가장 좋은 선생은
바로 네 자신의 인생이라고.

어른이었던 아이 · 1

우리는 모두 농부의 자식이었지.
중학교 진학이 어려웠던 시절
서울로 유학간 친구도 있었지.
그들은 지금 동창회에 안 나오지.

초등학교를 졸업하자마자
아버지 농사일을 돕던 덕만이
몇몇 동창들은 대학생이 되었을 때
덕만이는 아버지를 잃고 농부가 되었지.

시간은 더디 가도 세월은 왜 그리 빠른가.
사장에, 회장에, 금뱃지를 단 친구도 있는데
세상을 떠난 친구들
주소록에 밭고랑처럼 빈 터를 넓히는구나.
어쩌다 시인은 나 하나
우리 모두 아버지들과는 다른 길로 갔지만
덕만이만은 지금도 농부이지.

한국의 흙을
끝내 지키고 있는 사람 하나
그 사람이 바로 우리 동창이지.

어른이었던 아이 · 2

홀어머니 장례를 치르고 등교한 만길이
갑자기 그가 어른처럼 보였다.
어린 우리들은 말을 조심했다.

연 1회 동창회에
한 번도 나오지 않던 그가
45년 만에 참석했다.

"야, 이 짜식들아
정말 보고 싶었다!"

만나는 사람마다 덥석 안고
그는 옛날로 가버렸다.

갑자기 어린이가 된 그를
우리들은 어찌 대할지 몰랐다.
우리들은 너무 어른이 되어 있었다.
'어린이는 어른의 아버지'라는 말
그건 정말 名句였다.

방문기(訪問記)

더 기쁘라고 예고 없이 찾아 갔다.
월 3천 원의 단칸 방,
그는 곤한 늦잠을 자고 있었다.

옆집의 꽃향기로
자기 집 담의 엉성함을 자랑하고
그는 부인을 야! 하고 불렀다.
다 詩 쓰는 미친 친구들이라고 소개했다.

술상이 빨리도 들어왔다.
젓가락들은 모두 짝이 안 맞았다.
우리는
한 가지뿐인 김치를 열심히 집었다.
김치는 지독히 짜기만 했다.

貧家의 반찬은 짠 법이라는
남의 집에서 재확인한 우리네 삶의 아픔을
뒤켠에 물러앉은 조무래기들이 지켜보고 있었다.

- 저런 애들이 나이가 들면
새로운 國富論을 써낼 테지.

취중에도 애들의 눈빛이 벌써 무서웠다.

그 책이 어서 나오기를
삼천리에 퍼져서 기다리고 있는
미래의 독자들을 실망시키지 않기 위해서
내 친구집의 반찬은 자꾸 짜야만 한다.

시인의 말

대학을 졸업한 지 20여 년이 지났다.

어쩌다 모임에 나가면
사장님이 된 동창에
학식 높은 박사님도 서넛.

젊은 시절, 교직에 같이 있던 친구들은
교장·교감이 되어 점잖아졌고
선망의 무궁화 금배지를 번득이는 얼굴도 있는데,
나는
그 때나 지금이나
詩人인 채로 있구나.

그래
詩人일 수밖에 더 있으랴.
역사를 베어 먹는 칼이나
죽음도 사들이는 돈,
그
주인에 따라
마음 달리 먹게 하는 것들을 피해서
유사 이래 변하지 않는

술과 사랑,
그리고 사람의 말만 기리며 살아온 것을.

오늘도 나는
가장 아름다운 이름인
詩人이라는 문패를 내걸고,
아주 귀한 손님을 기다리는 사람처럼
마음 속에 방석 하나 마련해 놓고
세상의 발자국 소리
골라 들으며 살아가고 있다.

젊은 시인들에게

‘젊은 시인들에게’ 라는 말을 하기 위해
이순(耳順)에 이르기를 얼마나 기다렸던가.

젊은 시인들아,
詩는 결국
혼자서 쓰는 것 아님을 알라.

행간에 너무 깊은 수렁을 만들면
거기서 헤어나오기 어려울 터.
詩行 밖으로 얼굴을 내보이거나
삶과 문맥을 가르지도 말라.

말 따로, 몸 따로, 詩 따로일 때
누가 그대를 시인이라 부르랴.

시인의 이름은 제목 아래가 아니라
뭇사람의 가슴에 새겨져야 하리니,
삶이 너의 미완의 전집이요
詩가 곧 너의 묘비명임을 깨우쳐
모든 독자를 문상객으로 맞아들이지 못한다면
그대보다 작품이 먼저 사라지리라.

물과 불

불이
물을 머금으면
곧 죽는다.

물이
불을 들여 마시면
하,
술이 된다.

술이 되어서
사람을
서서히 죽인다.

시인의 기원

내 가슴에
그리움의 목록은 넘치게 하시고
원망에는 가벼운 날개를,
욕망에는 무거운 추를 달아주소서.

사람에게서 떨어져 산다는 것만큼 깊은
외로움의 늪이 있겠습니까.
그들을 잊고 사는 것처럼 높은
교만의 절벽이 또 있겠습니까.
詩없이 살아가는 사람들의 삶 속에
가장 귀한 생명의 말씀들이 깃들어 있음과
가장 슬픈 노래는 결코
입으로 부르는 것이 아님을 깨닫게 해 주소서.

詩人이 너무 많다는 푸념에도,
좋은 詩가 없다는 꾸지람에도
내가 먼저 부끄러워 하게 하시고,
시인들 자신이 누구보다도
詩의 가장 충직한 독자가 되게 해주소서.

나의 詩의 열매는 아직

충분히 익지 못하였나니,
영혼의 밝은 빛살과 고뇌의 진한 물로
영글어 참맛나게 해 주시고,

마지막까지 바라옵기는
나의 詩의 나무가 만든 그늘에
많은 사람들이 편히 쉬게 해 주소서.

시인이 자식에게

남들은
조국을 위해, 국민 여러분을 위해
큰 주먹 작은 돈 가리지 않을 때,
나는 오로지 한 마디 말을 찾아
오랜 나날을 헤맸거니.

너희들이 어려서 장난감에 전생을 걸었듯
한국어는 나의 장난감
지금은 누구나 아무렇게나 주물러
온갖 고장 몹쓸 병 앓고 있는데
모두들 새 것만 찾고들 있지.

내 밤마다의 늦은 귀가가
어떤 아리따운 작부 때문이라던가,
내 취중의 고래고래 욕설을
허공의 달까지 비웃을진 몰라도
이름 함부로 내걸지 않고
낯뜨거운 일에선 멀리 물러나 있었음이
너희들에게는 가장 빛나는 유산임을 알게 될 때,

그렇다, 바로 그때

시인인 이 아버지는
안심해도 좋을 자식과 진정한 독자를
함께 얻는 것이려니

내 그 때까지는
그토록 헤맨 말의 부속을 찾아내
고장난 장난감을 고치고야 말겠다.

연보(年譜) 작성법

원고청탁서의 약력첨부 요청이나
특집 문인 연보를 볼 때마다
문득 솟는 의문 하나 있다.

한 마디로 줄이면 모두
'공부하고, 책내고, 상탔다' 인데
학력이나 경력이
시인을 만들어내는 것일까.

영매(靈媒)인 술
몹쓸 열병인 사랑
그 불광불급(不狂不及)의 혼(魂)에 대해서는
일언반구도 없구나.

시집 표지에도 바코드가 찍히고
아, 손으로 사랑의 편지를 쓰지 않는
요즘 아이들
앞으로 사람의 가슴을 울려줄
아름다운 시인은 탄생하지 못하리라.

약력이 길어질수록

詩에서는 점점 멀어질지니,
여기 가장 빼어난 연보 하나 있다.

"살고 쓰고 사랑했노라"*

* 스탕달의 묘비명

제화공(製靴工)

한 켤레의 잘 빠진 구두가 만들어지기까지는
정확한 문맥의 실과
날카로운 정정(訂正)의 송곳과
침묵의 장도리, 그리고
마지막 완벽의 손질이 있었다.

사상을 너무 드러낸 밑창을 갈고
발목이 안주할 빈 자리에 감추어지는
진실의 원행(遠行)을 위하여
일정한 길이의 질긴 노끈의 구문으로
신형은 경쾌하게
구형은 중후하게
균형과 조화,
그 노련의 어진 배려를
구두는 상식적인 아픔으로 시작한다.

살아 온 것이 모두 경험일 수 없어
절제의 가위질에서
가죽처럼 베어져 나간 살점들.
연(聯)으로 바뀌는
느낌의 무딘 손마디 각 행마다

의미의 강조이듯 이력이 굳혀지고,
세월의 가시도 뚫지 못하는 외피
속에 숨어 있는 완성의 기교와
점점 더 어려워지는 달관을,
고생이 내게만 온 것은 아니리라
짐짓 편한 마음으로 안좌하여
바늘 귀에서 풀려나간 실 끝이
무덤 속까지 뻗침에 생각이 머문 연후
그렇게 한 켤레 구두를 무섭게 본 적이 있었던가.

과단한 한 번 못질의 적중을 위한
여름 낮, 뜨겁던 작업과 그 고뇌를
해방처럼 흐르던 땀방울과
구속처럼 잠자던 바람 속에서
중용의 칼날을 밟은 우리는
언제나 멋있는 수선을 해내야 한다.

J. 프레베르의 연인

닫혀 있는 대문.
배달된 우유병들 그대로 있다.
텅 빈 편지함.
화창한 봄날.
정원에서는 새들의 노래 소리.
창문들 모두 닫혀 있다.
어쩌다 울리는 전화벨.
아무도 받지 않는다.
거실엔 벗어 놓은 외출복.
식탁엔 흩어진 술병들.
꽁초 수북한 재떨이.
물소리 새어나오는 욕실.
욕조 속엔 나신의 여인.
바닥엔 물에 젖은 약봉지.

生과 死

生者들이 두런 두런
忘者의 어제를 얘기한다.
그의 내일에 대해서는
아무도 입을 열지 않는다.

망자가 할 수 있는 일이란
생자들의 입에서
말을 빼앗아 가는 것.

그를 산에 묻고 돌아오면서
생자들은 말을 되돌려 받는다.
그제서야 "그는 세상을 떠났다."고 말한다.

언젠가는 생자들도
그 말 속에서 재확인될 것이다.

살명부(殺命簿)

너희들
이제는 다 죽는다.
내 가슴에 품었던 살의.
이름마다 비수를 꽂는다.
어찌 그 모두를 밝히랴.
단 한 사람
제일 먼저 피에 적실 이름만
여기 쓰노니
너, 김대규, 이 놈!

마지막 차(車)

나는 평생
차를 갖지 않으련다.

걸어서 가는 세상,
그렇게 가는 세월
또 그렇게 떠나면 되지.

떠날 때 타게 될 차
마지막에 딱 한 번
가장 편히 타면 되지.

공동묘지 곁을 지나며 · 1

나는 이곳에
누가 묻혀 있는지 모른다.
모른다 그들이 어떻게 살다가
왜 세상을 떠나게 되었는지.
다만 서로 달랐을 삶이
똑같은 無言의 세월에 잠겨 있음을 본다.

시든 꽃 한 송이 눈에 들지 않고
찾아온 사람 아무도 없다.
살아 있을 때라고 누가 찾았으랴.

오로지 말을 하지 않는 것으로
더 많은 이야기 만들어내는
무덤 속의 주인들에겐
삶은 한낱 허튼 화두(話頭)일 뿐인가.

저들이 삶을 떠나 여기 머무르듯
나는 내가 머물던 곳으로 돌아가야 하리니
그것이 지금은 내 유일한 일일지라도
그곳이 어찌 나의 영원한 자리랴.

무심한 한 자락 바람에도
오늘은 슢生이 가볍게 뜨는구나.

공동묘지 곁을 지나며·2

무덤들이
자, 이제 우리끼리
삶을 이야기해 보자고 모여 있다.

아무도 먼저 입을 열지 않아
아직까지도
인생의 정의는 완성되지 못했다.

귀띔도 않으려면
왜 '길손이여, 멈추어라' 는
비명(碑銘)을 남기는가.

한 세상 다 하지 못한 말
그저 서러움이 아니겠느냐고
산새들이 두량(枓量)해서 운다.

'모든 詩는 하나의 묘비명' 이라는
T.S 엘리어트의 名句를
푯말도 없는 무덤마다 세워 주며
침묵에 이르러야
마침내 詩도 벗어날 수 있음을 깨우친다.

죽음이 무엇이냐고 묻기

죽음이 무엇인지
어려서부터 참 궁금했다.
어른들에게 물어보면
핀잔만 되돌아와
책을 아무리 뒤져봐도
해답을 얻어내지 못했다.

그래서 詩를 썼다.

나이가 들어가니
곁의 사람들이 죽어갔다.
죽음을 볼 수는 있었는데
그래도 알 수는 없었다.
죽음이 無言이라는 것만 알았다.

나도 이젠 조금
죽음 쪽에 가까워졌다.
죽음이 뭐냐고 묻는 이도 생겼다.
낸들 어찌 아랴.

무언에 이르기 전에

내가 할 수 있는 말은
죽음이 뭐냐고 묻게 되면
그도 詩를 쓰게 되리라는 것 뿐.

4부 사회·세상 이야기

아파트 두 채

사람
위에
사람
위에
사람
위에
사람
위에
사람
위에
사람
위에
사람
위에
생(生)

사람
밑에
사람
밑에
사람
밑에
사람
밑에
사람
밑에
사람
밑에
사람
밑에
사(死)

노동조합

벌들은
거대한 단일노조다.

단 한 차례도
파업을 한 일이 없다.

그래서 지상에
꿀이 있다.

램프의 주인

램프에서 거인이 나왔습니다.

“주인님, 무엇을 도와드릴까요?”

주인이 대답했습니다.

“응, 이 세상에서 인간답지 못한 것들은 모두
없애버려!”

그러자 거인은 그 주인을 냉큼 안고 램프 속으로
들어가 버렸습니다.

해어견(解語犬)

어느 부잣집에 사람의 말을 알아듣는 개(解語犬) 한 마리가 있었습니다. 그 부자는 자신이 잘 사는 것을 자랑하기 위해, 자주 사람들을 초청하여 잔치를 벌이곤 했습니다. 그럴 때마다 마지막은 언제나 개 자랑이었습니다. 그날도 잔치가 있었습니다. 주인은 값진 금은보화며 호화스런 가구를 자랑하고 나서, 말을 알아듣는 개 자랑을 하기 위해 개를 불렀습니다. 개는 주인이 말로 시키는 대로 행동을 했습니다. 사람들은 감탄을 했습니다. 개 자랑이 거의 끝날 무렵, 어떤 사람이 자기도 한번 시켜보겠다고 나섰습니다.
"영리한 개야, 이리온.
이 집에서 가장 더러운 걸 가져와 보렴."
그러자 개는 냉큼 밖으로 뛰쳐 나갔습니다. 얼마 후에 다시 돌아온 개의 입에는 집주인의 문패가 물려 있었습니다.

야초(野草)

돈 없으면 서울 가선
용변도 못 본다.

오줌통이 퉁퉁 불어가지고
시골로 내려오자 마자
아무도 없는 들판에 서서
그걸 냅다 거내 들고
서울 쪽에다 한바탕 싸댔다.

그런 일로 해서
들판의 잡초들은 썩 잘 자란다.
그 뜻을 알아차리고 억세게 자란다.

서울 가서 오줌 못 눈 시골 사람의
오줌통 불리는 그 힘 덕분으로
어떤 사람들은 앉아서 밥통만 탱탱 불린다.

가끔씩은 밥통이 터져 나는 소리에
들판의 온갖 잡초들이 귀를 곤두세우곤 했다.

만세삼창

지붕 밑의 고드름
아삭아삭 따먹던
그 옛날 그 아이들, 만세!

시냇물 그대로 마시며
메뚜기, 개구리와 함께 뛰놀던
그 시절 그 아이들, 만세!

무지개 잡으러 한없이 갔다가
저녁놀 한아름 안고 돌아오던
그 때 그 아이들, 만세!

벼이삭 화병에 꽂아 놓고,
돈으로 곤충채집을 하며
수돗물도 정수기로 걸러 마시는
요즘 아이들을 위해, 일동묵념!

지붕 위의 웅변가

비만 쏟아지면
지붕 위로 올라가는 사람 하나
우리 동네에 산다.

널판지나 비닐자락으로
여기저기 비새는 곳을 덮으며
처음에는 "이놈의 비!" 하다가,
빗줄기가 더 강해지면
"망할 놈의 하느님!" 하다가,
그래도 비가 멎지 않으면
"그래, 죽여라, 죽여!" 하다가,
비바람이 더욱 거세게 몰아치면
그 자리에 철퍼덕 주저앉아
서울쪽에다 대고 소리친다
"너희들, 잘 먹고 잘 살아라!"

그 정도로야 어디 되겠느냐고
우직끈, 꽈당!
천둥 번개가 거든다

하느님도 꾸짖는 사람 앞에서
대통령인들 무슨 대꾸를 하랴,

지붕 위의 웅변가
우리 마을의 대변인.

버스정류장

이번 정류장은 A맨션입니다
부동산 투기하실 분은 하차하십시오
이번 정류장은 B대학입니다
졸업장 필요하신 분은 하차하십시오
이번 정류장은 C당사입니다
공천받으실 분은 하차하십시오
이번 정류장은 D청사입니다
집단시위하실 분은 하차하십시오
이번 정류장은 E호텔입니다
성매매하실 분은 하차하십시오
이번 정류장은 F종합병원입니다
장기 파실 분은 하차하십시오
이번 정류장은 G대교입니다
투신 자살하실 분은 하차하십시오
다음 정류장은 H헌혈센터입니다
하차하실 분 안 계시지요?

눙깔사탕

6 · 25 때
긴 총을 거꾸로 멘 사람들이 찾아와
아버지가 어디 계시냐고
머리를 쓰다듬으며 물었다.

나는 산밑의 숲덩굴을
손가락질하지 않았다.
그 손에 받은 눙깔사탕을
되돌려 줄 뻔했다.

국회의사당에서
욕설에 삿대질을 하는 사람들을 보면
틀림없이 누군가에게 가서
내가 얻어먹은 것보다 훨씬 큰
눙깔사탕을 받아 먹을 것이라는 생각이 든다.

떠오르는 태양

떠오르는 태양은
그 산 밑이 아니라
건너편 사람이 먼저 본다.

시인도 그러하다.
독자의 가슴에 빛이 먼저 들어야
詩가 떠오르는 것.

누구에겐가는 눈부신 일출도
어느 편에선가는 황홀한 일몰이거니
대통령에게 한 마디 하겠다.
이 편으로 건너 와야
여론의 태양을 먼저 볼 수 있다는 것.

아무 편에도 끼지 않은 사람들 모두
이 건너편에 모여 있다.

비밀지령문

나라를 구하려거든
반드시 다음 인물을 제거할 것!

'1961년 민중서관 발행
국어대사전 2554 페이지
상단 8번째 단어.'*

*그 단어는 '정치인' 임.

뜨거운 추억

1 · 4 후퇴 때
충청도 청양으로 피난 갔었다.
땔나무를 하다가
감시원에게 들켜 끌려 갔었다.

그들 사무실에선
드럼통 난로가 시뻘겋게 달아 있었다.
빼앗은 나무들을 그들은 난로에 처넣었다.
불길은 더 뜨거웠다.
그 열기에
부끄러움, 두려움도 재가 되어버렸다.

어린 나이였었지만
아무 소리도 못하고 나온 게
아직도 가슴에 불덩이로 남아 있다.

불알시계

어렸을 적의 외갓집
마루 벽에 걸렸던 불알시계
고옥(古屋)이 기우니 함께 기울었다.
바로 세우면 가질 않았다.
志士처럼 고지식했던 불알시계
삐딱하게 세상을 재던 불알시계
허물린 집더미 위에서
마지막으로 삐딱했던 불알시계
삐딱한 불알 다 떼어버리고
꼿꼿한 목만 남은 사람들

고장난 불알시계야
오, 그리운 고장난 사람들아.

고장나다

집도 오래 되니
장마 때면
여기저기서 빗물이 샌다.
냉장고, 세탁기도 오래 되니
제가 알아서 가끔씩
작동을 멈춘다.

그럴 때마다 어머니는 말씀하셨다.
물건은 고장이 난 뒤부터
더 오래 쓰는 거라고.

어머니도 일찌기 몸에 고장이 나
오랫동안 고생하셨다.
그러고도 30년을 더 사셨다.
태어나자 마자
몸에 고장이 났던 나
내년이면 고희(古稀)다.

대한민국도 진작 고장이 났지만
대통령들이 여지껏 잘 써먹어 왔다.

간판이야기

내가 출근하는 길에는요
아크릴 간판들이 많은데요
그 하나는 〈피아노〉교습소 간판인데요
다른 글자는 다 떨어져 나가고요
〈피〉자 하나만 덩그마니 남아 있는데요
그것도 빨간 색으로 되어 있어서요
그걸 볼 때마다 섬찍하거든요
또 하나는요
〈정의상실〉이라는 간판인데요
아, 글쎄 그게
〈정〉자 성 가진 사람이 경영하는 〈의상실〉이라는 거예요
그 주인도 그렇지요
〈정의상실〉을
〈鄭의상실〉이나 〈鄭·衣裳室〉로 하면 어때요.
그래도 나는 그걸 보는게 재미 있어서
좀 멀긴 하지마는요
언제나 그 거리로 돌아서 출퇴근을 하거든요.

詩人에게, 걸인이

한 밤을 꼬박 밝혔는데도
詩 한 편 만들어지지 않았다.

나라 전체를 새벽 단칼에
차지해 버린 사람들도 있는데
詩여, 쿠데타보다 더 어려운가.

그래, 빼앗기는 쉽지.
詩는 언어의 찬탈이 아니지.
말을 발랑 뒤집거나
펜으로 쿡쿡 찌르거나
자판을 꾹꾹 누른다고
詩가 툭 튀어나온다면
그야 혁명보다는 쉽겠지.

詩는 다만 구걸이다.
영혼에서 어렵게 빌어온 말,
걸인이 게걸스럽게 채우는
그 허기의 충만을 위해

시인들이여,
당신의 영혼의 깡통은
항상 비워 있어야 한다.

당신의 서랍에는 무엇이 그득한가

내 서랍에는
고장난 만년필이 그득하다.

원고지에 역사(役事)하던 그들이
이젠 처형당한 순교자 같구나.

세월이 흐르면 내 육신도
고장 난 몸이 눕는 곳으로 가려니,
山은 死者들의 서랍
내가 만년필을 열심히 썼듯
나의 육신도 그렇게 쓰여졌을까.

서랍 속에 불온시가 가득했었다는
한 시인의 말을 생각느니
아, 나의 삶은
온통 불온시였구나.

밤이 깊거든
그대도 서랍을 열어보라.

이분법(二分法)

한 병사가
두 손을 쳐든 채
죽어 있었다.
그의 지휘관은
죽는 순간에도 만세를 불렀던
자기 부하의 용맹성을 강조했다.

얼마 살아남지 못한 전우들은
생각이 달랐다.
그것은 투항의 백기였다고
속 입술을 깨물었다.

사람의 손은
언제나 그렇게 불투명하다.
그리고 대부분의 사람들은
두 손을 쳐든 채 죽는다.
그러면
두 개의 서로 다른 생각들이
손 한 짝씩을 찢어간다.

아동화(兒童畵) 분석

아이들이 그린 시냇물을 보아요.
저렇게 검은 색뿐이에요.
어른들도 옛날엔
산을 붉게 칠했지요.

욕심쟁이 아이는 빈틈없이 그리고
배고픈 아이는 상점만 그려요.
시골 아이들은 높은 집과 자동차를,
서울 아이들은 산과 바다를 그려요.
엄마가 밤마다 늦게 돌아오면
아이들의 시계 그림엔 바늘이 없어져요.

요즘 아이들은 누구나
전쟁놀이와 로보트는 잘 그려대도
사람 그림은 뭔가 이상해요.

종아리 맞는 아이들은
손 잘린 아빠를 그려내고,
자기를 쏘아 보던 엄마의 두 눈은
홀랑 빼놓고 그려요.
한국의 어른이란 어른들은
모두 모두 불구자만 있나 봐요.

안부(安否)

날마다 퍼마신 술에
위장, 안녕?
아이들 등교길에
폭력배들도, 안녕?

은행의 실명계좌에
돈, 안녕?
주먹질한 제자는 없는지
대학총장들, 안녕?
청와대에 돌이 날아들지 않았는지
경호실장, 안녕?
총부리 들이댄 부하는 없는지
국방부장관, 안녕?

이민교포들은 잘 사는지
브라질, 안녕?
우주에는 교통체증이 없는지
무궁화호, 안녕?
문민들은 다 어디로 갔는지
누구에게 물어보지?

詩가 뭐 이러냐는
독자여, 안녕!

장작을 패면서

아름드리 통나무를 단 한 번의 도끼질로
쩍 갈라제치는 그 멋을 아는가.
도끼질이야 더 말할 나위도 없지만
역시 통이 큰 나무가
칼을 받을 때도 단 한 번이다.

이 땅의 일꾼들이야
그 속뜻을 견줘 생각지는 않겠지.
생각은 해도 입 밖에 내지는 않겠지.
거무틱틱한 표피가 짝 발개지면서
허옇게 나동그라지며 드러내는
그 내심의 순백한 용단을
누군들 통쾌타 아니하랴.

사람도 한 세상 속 갖고 살며
단 한 번의 도끼질을 익숙히 못 해낼 바엔
단칼에 속이나 후련한 통나무가 될 일이다.

詩가 별것이랴,
말을 내리치는 칼의 힘도 힘이지만
아무리 후려쳐도

갈라지거나 뽑히지 않는
살아 있는 말,
그것이 詩지.

외로운 詩人 하나

옛날에는
쓸 만한 문사들은
거반 북으로 끌려갔고,
얼마 전까지만 해도
그럴싸한 글쟁이들은
감옥으로도 갔었는데,
요즘에는 모두들
대학으로 몰려간다.

소설가가 사장이 되거나
시인이 박사가 되거나
흙을 파먹고 사는 거보다야
높이 쳐다뵈는 일이지만,
어느 시대거나
한 장 원고지로 바람을 막고
볼펜 한 자루에 깃발을 펄럭이며
홀로 앞서 가는
그런 외로운 시인 하나쯤은
있어야 하는 법이다.

그게 용기가 아니고 비애일지라도

그게 영광은커녕 허무일지라도
그런 당당한 시인 하나쯤은
모진 풍상에서도 끄덕없는
광야의 거목처럼 버텨 서 있어야 한다.

졸업식

경기도 시흥군 군자면 화정리
화정국민학교 졸업식에 가 보았다.
사내아이 17,
계집아이 18명이
아우들에게 물려줄 헌 의자에
마지막으로 앉아 있다.

큰 상들은 대독으로 수여되고
모든 상들 가운데서 가장 빛나는
6개년 개근상이 수여될 때는
아이들의 어머니도 함께 나와
조선고무신 한 켤레씩을 받았다.

"잘 있거라 아우들아 정든 교실아
선생님 저희들은 물러 갑니다."

내빈들이 볼까 봐
까만 손등으로 훔쳐 내는 눈물,
원유보다 더 귀해져 가는
그 지순한 영혼의 보석을
서울에서는 구경하기 어렵다는데,

오랜만에 나도 눈물 흘려 보았지만
졸업식장에서 우는 너희들이 있는 동안
우리는 기계를 이겨 낼 수 있을 것이다.
이 땅의 내일도
그 눈물 속에서 빛날 것이다.

하느님을 찾습니다

잠이 오질 않아
밤바람이나 쐬러 옥상에 올라갔다.
하늘의 별보다
땅 위의 네온사인 십자가들이
더 많이 눈에 띄었다.

처음에는
기왕에 사는 일
죄는 짓지 말아야지
그런 생각이 들었다가,
참 못된 세상이라
우리를 악에서 구원하기 위해선
저렇게 교회가 많이 생기는구나,
하고 생각했다.

그러다가는
하느님께서 재림하지 않는 것은
어느 것이 진짜 십자가인지
아직도 찾지 못해서
헤매기 때문이라는 생각이 들었다.

그러자, 별안간
네온사인 십자가들이
하느님을 덤핑하는
선전광고물처럼 보였다.

그날 밤은
잠이 더 잘 오지 않았다.

이 땅의 보안관

간다 간다 서울로 간다
철없는 무단가출도 아닌
돈벌이 상경도 아닌
너도 싫고 나도 싫고
모든 것 다 싫을 땐
내 나를 데리고 서울로 간다.

서울 가면 뭘 하나,
하!
서울 가면 개봉극장 새로 들어온
서부영화 그걸 보러 서울에 가지.

검열관의 가위질에서 용케 살아 남은
말 못 할 장면들은 눈여겨 봐 둬야지.
공정의 별을 달고 옳게만 쏘는
사필귀정, 그 보안관의 뜨거운 권총 불꽃
바로 그런 뜨끔함이 서울엔 없고
잘못끼리만 부딪쳐 튀는 불똥에
서울은 눈·귀 멀고 입 막힌다.

가장 어둔 곳에 숨은

꾸미고 어긋난 엉큼함들을
대낮에 광장에서 몽조리 쓰러뜨리고

홀로였지만,
모두들 마침내
우리! 하고 모여들었을 때,
그 때는 다시 홀로 떠나는
서부사내의 헤어지는 법을,
서울은
그 끝맺는 법을 모른다.

스크린 속에서 죽은 악역들은
더 흉칙한 주먹으로 서울 거리에 살아 나와
자기를 쏜 보안관을 찾아 다닌다.

헛일이다, 헛일이다
이 땅의 보안관은
단성사 문밖으로 나온 일이 없다.

촌닭

시골서 팔려 간 닭이
한국의 서울,
남대문 시장에서 목놓아 운다.

울어라, 울어, 촌닭아.

떠나 온 수탉의 안부를 울고
낯 익혔던 주인의 친절을 울고
죽음이야 타고난 운명일 뿐,
제때에 밥 없음이며
발 묶이고 놀람이며를

울어라, 울어, 촌닭아.

기미년 백성같은 백의로 울로
물가고같은 소프라노로 울고
억울함이 본생인 그 목숨을,
단 한 번의 칼질로

똑
끊길

고 모진 목숨
길이길이 다하도록
울어라, 울어.

어찌 젖는 것이 풀잎 뿐이랴

빗기 머금은 바람이 불어온다.
새들은 곁눈질로 숲 속에 들고
짐승들도 낮은 집을 찾는다.
나무들이 수런수런
어제와 오늘을 얘기한다.
후두둑 후두둑
모든 풀잎들의 몸이 쓸린다.

젖는 것이 어찌 풀잎뿐이랴.
서걱이던 갈대도 젖고
돌틈의 쥐똥도 젖고
신축공사장의 억센 크레인도 젖는다.

땀에 전 납세필증이 다시 젖고
입대통지서와 납부금고지서가 함께 젖고
전당대회장의 각목도 시위진압대의 방패도
이산가족의 고향도 술집마담의 외상장부도 젖는다.
완전무결한 타협의 비밀각서와
빳빳하던 문민의 서류들도 후즐근히 젖는다.

잊혀지는 것은 젖음이다.

모든 축제들의 마지막은 젖음이다.
죽어 가는 것은 더 젖음이다.

그래, 그래, 그래

내일은 더 아플 것이라는 바람의 말에
풀잎들이 동의하며 뿌리에 힘을 준다.
이제 한 번도 젖은 일이 없는 사람들의 발길이
다시 오랜 밤을 지나갈 것이다.

새로운 질문법

나는 너에게
왜 사느냐고 묻지 않는다.
지금은 정말 어려운 시절이므로.

나는 너에게
얼마나 아프냐고 묻지 않는다.
아직은 그냥 살아는 있어야 하므로.

젊음만을 휘날리던 너희들의 깃발은
어느 바람에나 쉽게 찢기고,
불의(不意)의 바람에 날리는 것 가운데서
가장 가벼운 것은
목숨이라는 슬픈 사실에 우리는 합의한다.

죽음에 대해 묻지 않는 세대들에게
삶은 아무런 해답도 주지 못한다.
두려운 예감일수록 기막히게 적중시키며
어둠을 몰아내려던 우리들의 마지막 포효가
끝내 메아리로 되돌아오지 않을 때,
그 때부터 놀랍게도 새벽이 다시 열리고
불면의 사내들은 어디론가 떠난다.

그렇다.
새가 비상하는 것은
자유가 아니라 생존을 위해서지만,
사람은 날 수 없을 때 떠나고
그렇게 떠난 사람들은 쉽게 돌아오지 않다가
언젠가 일시에 몰려온다는 것만 확실하다.

그 때가 언제일까?
우리는 이제 새로운 질문을 시작해야 한다.

도서 분류법

하루 종일 책을 정리했다.
서가에선 얼마 되지 않던 책들이
헝클어 놓으니 야적장 같았다.

보기 싫은 자들의 책은
구석으로 픽픽 집어도 던지고
기증본 발송자들의 안부를 짚어가며
베스트셀러 작가들에겐 질투도 보내면서,
원서의 눈치만 살피는 번역서와
낡을수록 경건해지는 고전과
표지만 빛나는 신간들을 대충 구별해 놓고 나니
아직도 살아 있는 문인들의 전집이
그렇게 초라해 보일 수가 없었다.

결사조직같은 합동시집들과
전당대회같은 연간시집도 있지만,
언필칭 난해시들은
손 안 닿는 맨 위칸에 넣고
프로이트와 융, 사르트르외 카뮈는
나란히 끼워 화해를 도모해 본다

현학적인 편저들과
사제 이론을 앞세운 평론집들이야
외국어 경쟁이기가 십상이지.
선언이 많아 고독한 동인지는
고료 지원을 받는 문예지를 부러워하고,
호화주택같은 여성지가 못마땅한
새 장정의 영인본들은 헛기침만 한다.

말의 집,
언어의 본향인 사전은 말이 없고
두꺼운 산문집의 중량에 눌린
자비출판 시집들의 우울을
센티멘탈리즘의 대부인 양 어루만지는
미천한 나,
너의 주인으로 말하노니
나의 시편들이여,
유명인사들의 서가가 아니라
흙에 사는 사람들의 마음밭 깊은 골에
한 덩이씩의 뭉쿨뭉쿨한 말씀으로
때 기다리며 그렇게 파묻혀 있을진저!

정답(正答)·1

우리 나라에서 제일 긴 강이 무슨 강이지요?
선생님이 질문한다.

남한에서만 말이에요?
학생이 반문한다.

이제 대답할 쪽은 선생님이다.
그런데 선생님은 입을 열지 못한다.

— 아침에횡단보도에섰다가잠시휴전선생각을하다가
  푸른신호등에일제히교차되는인파속에서포로교환
  같은6·25같은아니3·8선이무너지는거같은생각이
  들다가경험속의포성같은크락숀소리에적신호적신
  호별안간현실이다가

남한에서만 말이예요?

— 군용트럭이스쳐가고붉은군대가몰려오고호각소리
  따발총소리따발총소리호각소리에시민이달리고전
  우가쓰러지고달려드는붉은군대속에학생들의얼굴
  이눈이입이

236

남한에서만 말이예요?

— 흑판같이앞을가로막는교통순경의고함소리에소제
   탱크의포문이열리고판문점의탁상이흔들리고정신
   이태극기가흔들리고압록강댐이무너지고다리가손
   이생각이어지럽다도망병도망병도망병이교단에서
   체포되고

남한에서만 말이예요?
남한에서만 말이예요?

— 휴전이다휴전이다남한에서만 휴전이다

남북통일이 될 때까지
선생님은 대답을 할 수 없다.

정답(正答) · 2

우리 집은 속으로 병들어 있다.

어머니는
이웃집의 수세식 부엌을 지적하고,
어버지는
해외에 갔다 온 부하직원의 식견으로
메뉴의 다양성을 강조한다.

부엌과 식탁 위의 내란은 중재가 필요하다.

나는 내 자신의 병이 급선무다.
오로지 절차의 구속이 싫어서
날인하는 일은 기피해 버리는 나의 내부도
우리 집의 속병과 비슷하다.

수도에서 숭늉이 나오기를 바라는 어머니와
온돌방에서 커피를 대접하는 아버지는
원고지 안에 갇힌 나와 마찬가지로
대학을 마치고 농촌으로 시집을 간
큰 누이의 중재가 필요하다.

거기서도 실패하면
〈사요나라〉가 어느 〈나라〉냐고 묻던
막내 계집애의 혼기가 대두될 때까지
나라 안의 모든 병들도 미결로 남을 것이다.

수렵기(狩獵期)

이성의 발모(發毛)를 보호림으로 만들려다
사나운 경험의 야생동물들이 모여 들지 않아
목책을 철거한 산지기의
입 밖에 내지 않은 그 내력을 아는가.

이른 아침부터
낭만의 언덕을 서둘러 넘어간
야심의 포수와
수확의 귀가를 다짐하던
아직은 먼 길도 건강할 몰잇군들은
총성만 굉굉(轟轟)한 언덕 너머에서
와전(訛傳)이나 획책하고,
야밤을 밝히며 기다리는
주막의 노주(老主)
어둠 속의 그 집념을 아는가.

범상에 초연하던 한 마리 사자가
비속의 실탄에 완명(頑命)을 허용했을 때
죽음은 두려운 완성 뒤에 오는 것,

아직 깨달음의 두꺼운 껍질을 못 벗어

山매의 비평적 눈 언저리와
칡범, 그 제언 이상의 발톱 사이에서
우리의 조준은 언제나 빗나간다.

타의의 바람에 흔들리지 않는 뿌리,
그 주관의 나무가지를 찾아
하늘 빈 자리의 독수리는
원형의 선회를 지속하고,
마지막 한 행의 성공이 시를 살려내기까지
당신은

상상의 날갯죽지에서 진하게 쏟아지는
피곤한 수렵의 핏줄기를 막고
지쳐 잠든 우리를 깨어낼 수 없는가.

동물원 철책 앞,
감금만큼의 자유를 불평하는
그 금지된 비상과 포효,
남루와 인종(忍從)을 이제야 알겠다.

공포처럼 집중이 따르지 않는

잡초 우거진 속에 숨어
그들의 집회를 종알대는 묏새 떼들이
제 쫓지 않는 맹견의 지상을
비웃지 않는 그 초조를 알겠다.

갈수록 험해지는 나포의 방법들.
평지에 새로운 철책이 세워지고
사유의 독방을 위해 담을 높게, 벽을 두껍게
그 안에 가장 불행한 자연으로 들어 앉아
활동이 한낱 감금 전후의 출입임을
무엇이 우리에게 가르쳐 주었는가.

주경(酒經)

1

취함은 세상을 떠남,
곧 나를 잊음이라.

2

지상에 술집 하나 마련하지 못하면
천상의 단잠을 어찌 얻으리.

3

길 떠난 자의 세 벗은
자연, 여자, 그리고 술.

4

취한 후에 잊을 사람과는
깊이 마시지 말 것.

5

슬픔은 술을 찾지만
외로움은 그 옆에 벗을 앉힌다.

6
詩에 대해 말하는 자
술에 대해 쓰는 자
그대는 아직 멀었구나.

7
한 남자 하고는 열 밤을 마셔도
열 여자 하고는 한 밤도 못 보내리.

8
취중의 세월 탓은
술에 대한 비례(非禮)로다.

9
잊지 말기를
술이나 詩나 뒷끝이 황홀해야.

10
술 밖의 삶
다 헛되고 헛되도다.

전쟁(戰爭)

1
신문지만 보면 나는 미치게 된다.
신문지에는 검은 손이 보인다.
신문지에는 이빨들이 돋아 있다.
신문지에는 포복하는 활자들.
그러다가 달리는 활자들,
그러다가 번번이 쓰러지는 활자들.
신문지에는 죽음의 냄새가 난다.
아침 저녁으로 나는 미치는 개다.

2
종군기자들은 멋있게 죽는 것을 기다리고,
금제훈장들은 용감하게 죽기를 기다리고,
지휘관은 기적을 위하여 죽기를 기디리고,
가족은 목숨만 붙어 살아오기를 기다리다가
신문지엔 개처럼 죽은 사진이,
금제훈장은 개처럼 죽은 병사의 지휘관에게,
퓨리처상은 개처럼 죽은 사진을 찍은 종군기자에게,
그리고 슬픔은 바람처럼 전보지 한 장에 실려 온다.

3
사자들을 위하여
총구는 언제나 문을 열어 둔다.

훌륭한 질서를 가볍게 탈출하는 전사들.

총알보다 상상력은 더 깊이 박혀 아프지만
유탄에 잘려나간 이미지들의 외피에서
몇 개의 파편을 뽑아 내면
나의 언어는
회담처럼, 명령처럼
투표처럼, 음모처럼 정확치는 못했다.
나는 그저 미치는 개처럼 울부짖을 뿐이다.

4
어떤 전쟁은 죽일 수 없는 것만 남기고,
어떤 전쟁은 남길 수 없는 것만 죽이고,
어떤 전쟁은 죽일 수 없는 것을 빼앗고,
어떤 전쟁은 빼앗을 수 없는 것은 죽인다.
어떤 전쟁은 도망하기 싫어서 죽이고,
어떤 전쟁은 쫓기다가 죽인다.

어떤 전쟁은 신문을 위해서,
어떤 전쟁은 지도를 위해서,
어떤 전쟁은 책을 위해서,
어떤 전쟁은 얼굴 때문에 죽인다.

그러나, 어떤 전쟁이든
죽지 않는 것을 죽일 수는 없다.
우리의 전쟁은
죽지 않는 것이 무엇인가를 확인하는 불놀이다.

5
내가 죽여야만 하는 자가
나를 죽이려 하는 조준 사이에는
아무리 쏘아도 죽지 않는
이념의 벌레가 기생한다.
누구나 유일의 생존자로 남게 되어
적이라도 만나야 씻겨질 고독감 속에서 울게 될 때
죽은 생명들은 다시 살아나고
이념의 벌레는 스스로 목숨을 끊을 것이다.

6
전사자들의 어깻죽지 밑에서는
비둘기의 날개가 돋아 난다.

포성에 단련된 비둘기들이
인기척엔 놀래서 체험에 종사할 때

우리의 전쟁은
이해의 옆구리에 상처만 내고,
부러진 공존의 날갯죽지에서
깃털처럼 빠져나간 자유가
고딕활자로 쏟아져 신문지를 덮을 때마다
나는 아직도
자꾸 미칠 용기가 남아 있는 것일까.

월남(越南)의 동생에게

너는 전쟁을 모른다.
모르면서 겨눈 불안의 가늠쇠 끝에서
너처럼 어머니를 그리워하는 적들은 쓰러지고
너의 왼편 가슴엔 번쩍이는 무공훈장들,
무거운 쇠붙이로 눌리는 너의 심장.

다달이 보내 온 너의 편지 속에서는
죽음의 냄새가 풍긴다.
돌아와 네 편지 네가 보라.
'안녕하세요?'와 '안녕히 계십시오' 사이의 모든 글자들은
네가 죽인 적병의 마지막 경련처럼
꿈틀꿈틀 한 마리씩의 벌레로 기어나와
너의 눈 속을 파고들 것이다.
너는 놀랄 것이고
그 때는 도망해도 좋다.

전쟁이 끝나고 또 끝나고
다시 너의 자식의 군사우편을
네가 받아 읽게 됐을 때

그렇다, 그 때부터

너의 새로운 전쟁은 시작된다.
그리고 그 때서야 너는
네가 죽인 적들을 만날 것이고
그 때는 너, 도망해선 안 된다.

비겁도 총으로는 안 죽지만
비겁을 죽일 수 없는 총으로는 더 못 죽이는
생명의 존엄성의 포로가 되었을 때,
너는 네가 죽인 젊은이들의 도움 없이는
살아 나올 수가 없을 것이다.

네 자식의 전사통지에도
네가 죽인 젊은이들의 어머니의 허락 없이는
울지도 못할 것이다.
울어서도 안 될 것이다.

김대규 시인 약력

■ 학력 및 경력

- 경기도 안양 출생(1942. 4. 20)
- 1954. 2. 안양초등학교 졸업
- 1957. 2. 안양중학교 졸업
- 1960. 2. 안양공업고등학교 졸업
- 1964. 2. 연세대학교 국문과 졸업
- 1971. 2. 경희대 대학원 국문과 졸업
- 시집『靈의 流刑』으로 등단(1960)
- 안양여고 교사(1964~1972)
- 연세대 · 덕성여대 강사(1972~1976)
- 안양상공회의소 사무국장(1976~1993)
- 한국문인협회 안양시 지부장(1971~2009)
- 예총 안양시 지부장(1990~2000)
- 중부일보 논설위원(1994~1995)
- 한국문인협회 경기도 지회장(1995~1997)
- 경기대학교 문예창작대학원 강사(1996)
- 경기문화재단 자문위원(1998~2005)
- 안양대학교 겸임교수(1998~2001)
- 안양시민신문 회장(2002~)
- 안양문화예술재단 이사 (2008~)
- 안양예총 · 안양문인협회 명예회장(2008, 2009~)

■ 저서

* 시집
- 『靈의 流刑』 흑인사 1960. 3
- 『이 어둠 속에서의 指向』 문예수첩사 1966. 12
- 『陽智洞 946番地』 문예수첩사 1967. 7
- 『見者에의 길』 시인사 1970. 12

- 『흙의 思想』 동서문화사 1976. 5
- 『흙의 詩法』 문학세계사 1985. 10
- 『어머니, 오 나의 어머니』 해냄출판사 1986. 5
- 『별이 별에게』 영언문화사 1990. 8
- 『작은 사랑의 노래』 한겨레 1990. 9
- 『하느님의 출석부』 한겨레 1991. 4
- 『짧은 만남 오랜 이별』 문학수첩 1993. 7
- 『누가 지상에 집이 있다 하랴』 술래 1994. 12
- 『어찌 젖는 것이 풀잎 뿐이랴』 시와시학사 1995. 3
- 『흙의 노래』 해냄 1995. 4
- 『사랑의 노래』 해냄 1995. 4
- 『가을 小作人』 우인스 2001. 5
- 『외로움이 그리움에게』 도서출판 시인 2010. 9

* 산문집
- 『詩人의 편지』(공저) 청조사 1977. 10
- 『詩人의 에세이』 안양출판사 1979. 9
- 『젊은이여, 사랑을 이야기하자』 중앙일보사 1986. 12
- 『사랑의 팡세』 전4권 한겨레 1989. 6
- 『살고 쓰고 사랑했다』 시인사 1990. 9
- 『나의 인생, 팡세』 문학수첩 1992. 5
- 『사랑의 비밀구좌』 술래 1994. 1
- 『사랑과 인생의 아포리즘 999』 해냄 1997. 9
- 『당신의 묘비명에 뭐라고 쓸까요』 우인스 2007. 12

* 평론집
- 『無意識의 修辭學』 해냄 1992. 12
- 『안양문학사』 우인스 2005. 12
- 『해설은 발견이다』 종려나무 2010. 7
- 『늙은 시인으로부터의 편지』 한강출판사 2010. 11

■ 수상

- 연세문학상(1963)
- 흙의문예상(1985)
- 경기도 문학상(1987)
- 안양시민대상(1988)
- 경기도 예술대상(1988)
- 경기도 문화상(1990)
- 경기도민대상(1992)
- 편운문학상(1994)
- 한글문학상(1996)
- 후광문학상(1998)
- 한국시인정신상(2001)

김대규 시인 시선집
나는 가을공부 중이다

초판 인쇄 2010년 11월 22일
초판 발행 2010년 11월 26일

지은이　　김 대 규
펴낸이　　장 호 수
책임편집　　김 은 숙
본문디자인　최 영 미
인쇄·제본　(주)금강인쇄
펴낸곳　도서출판 시인
　　　　등록번호 제384-2010-000001호
　　　　등록일자 2010년 1월 11일
　　　　430-831 경기도 안양시 만안구 안양1동 668-27번지 B동 2층
　　　　Tel 031-441-5558　Fax 031-444-1828
　　　　E-mail : jhs50009@hanmail.net / www.siin.or.kr

© 김대규 2010 printed in Seoul, Korea
ISBN 978-89-965062-0-1